しっぽタヌキ
イラスト✢まろ

「お前が代わりに死ね」と言われた私。妹の身代わりに冷酷な辺境伯のもとへ嫁ぎ、幸せを手に入れる

ハイルド
ナイン辺境伯領の領主。
感情が表情に出づらく、
粗暴で冷酷と恐れられている青年。
リル
エバーランド伯爵家令嬢。
『宝石姫』と呼ばれる妹の代わりに
辺境伯領に嫁いできた。

マチルダ
ハイルドに仕える
女性騎士。
ジャック
ハイルドに仕える
筆頭騎士。
コニー
ハイルドに仕える
従騎士。

「愛は消えない」

「愛はな……増えていくんだ」

ハイルド様の合図で、
私の体は空中へと持ち上がった。

CONTENTS

「お前が代わりに死ね」と言われた私。
妹の身代わりに冷酷な辺境伯のもとへ嫁ぎ、幸せを手に入れる

しっぽタヌキ
イラスト まろ

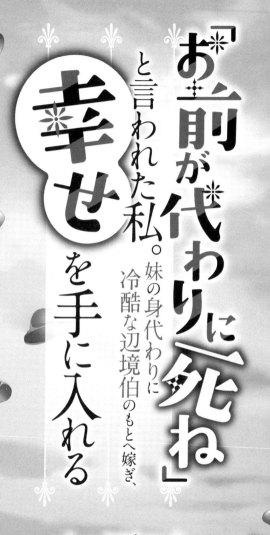

プロローグ ✣ 大切な家族

「そうだ。私の代わりに、お姉さまが行けばいいじゃない！」

だれからも愛される妹は、胸の前でパチンと両手を鳴らすと、かわいらしく笑った。

私室から突然呼び出され、そんなことを告げられても、話の流れがよくわからない。

妹の代わりに私がどこへ行くというのだろう。なんの話をしているのだろうか。

困惑していると、父母は「そうだな！」と笑った。

「あんな冷酷な男のもとへ、メリルを嫁がせる必要はない」

「メリルは、なんて頭がいいのかしら！　かわいいリルが嫁ぐ必要なんてないわ。今までは恥でしかなかったけれど、我が家には子どもが二人いるんですもの。そうよ。リルの身代わりがいればいいのよね」

「そうだな。かわいいリル。お前はずっとここにいればいい。お前が好いた相手をこの家の当主にすればいいんだからな」

家族全員が揃った食卓。父母と妹の三人は豪華なディナーを楽しみながら、妹の思いついた案に称賛の声をかけた。

そして……私はそれを、扉の前に立ったまま聞いている。

私が家族団らんの場にいることは滅多にない。私の存在は、父母と妹にとって、必要ないものだからだ。

珍しく食卓へと呼ばれ、自室での読書を中断して来てみれば、これである。

「おい、聞いているのか！」

「本当に……。恥ずかしいったらないわ。我が家の恥」

「まあ！　お父さま、お母さま。お姉さまにそんなことは言わないで。お父さまの大きな声は耳に響きますし、お母さまがため息をついては、食卓が悲しいものになってしまいます」

「ああ、そうだね、すまない、かわいいリル。こんな者に『姉』だと言うなんて、優しい子だね」

「ええ。食卓の雰囲気にも気を配るなんて……。かわいいリル。なんて優しい子なのかしら」

父母の表情が笑顔に変わる。

父母を制した妹は、『優しい』と称賛され、照れたように笑った。

「優しいだなんて……っ。私はただお姉さまとみんなのことを思って……」

「かわいいな、リル」

「ええリルはいつでもかわいいですわ」

「あまり言われては恥ずかしいです……っ」

笑い合う父母と、照れて頬を染める妹。そして……それを立ったまま見つめる私。家族の団らんの中に私はいない。

それを見ても、もう心が動かなくなった私がいる。

いつからだろう、私がこの父母と妹の姿になにも思わなくなったのは……。幼いころは心を痛めていた記憶がある。

食卓に私の椅子がないこと。褒められて頬を染めるのが私ではないこと。――姉の私ではなく妹ばかりが愛されること。

それを悲しいと思っていた自分がいたはずなのだ。そして、愛されたいと努力をした。

知識を増やし、教養を身に付け、誇れる娘になりたかった。欲しいものがあっても口に出さなかった。服も妹のおさがりでよかった。

すべてを我慢して……。耐えて。それでも欲しかったのは家族からの愛。

「国王陛下の命令でな。メリルに縁談が来た」

「縁談が……」

父は笑顔を消すと、私を忌々しそうに見ながら、言葉を告げた。

どうやら、妹に王命での縁談が舞い込んだらしい。伯爵家である我が家は、王命に従わなければならない。そして、国王から縁談の話があるなんて光栄なことのはずだが……。

「ありえません！　こんなかわいいリルの縁談相手が、粗暴で汚らしい辺境伯だなんて‼」

母は金切り声を上げると、隣に座っていた妹をそっと抱きしめた。

父はそんな二人を痛ましい目で見つめたあと、私へと視線を戻す。そして、唸るように説明を続けた。

「辺境伯領は我が国の端にある。その森には地下迷宮があり、魔物が湧き出してくるのだ」

「地下迷宮……。聞いたことがあります」

我が国の東の端。そこには広大な森が広がっている。

そして、その森の中には地下迷宮へと繋がる洞窟があるのだという。地下迷宮にはこの世のものとは思えない、おぞましい魔物が棲んでおり、たびたび地上に出ては国を荒らすのだ、と。

「野蛮な土地だ。辺境伯などという大層な地位を国王陛下から授けられているが、戦闘しか知らん、貴族とも呼べぬ者」

「噂では辺境伯自身が魔物だと呼ばれ、簡単に人を殺す、冷酷な人物と言われている……。そんな……。そんなところに、かわいいリルを行かせるわけにはいかない……！」

ここまで聞いて、私はようやく、話の流れがわかった。

王命により縁談が決まった妹。しかし縁談相手は冷酷と噂される辺境伯だった。父母はそれを嘆いていたのだろう。

冷酷な辺境伯、しかも魔物が出る土地に妹を嫁がせたくない。だが、王命であり、伯爵家の当主である父はそれに否と言うことはできないのだ。

だから、妹は——

「泣かないで、お母さま。私はお母さまの涙に弱いの。……それに大丈夫よ。お姉さまは優しい人だから。お父さまやお母さま、そして妹である私の不幸を放っておくわけないわ」

母に抱きしめられた妹が首だけ動かして私を見る。

手入れされた金色の髪はふわふわと揺れ、潤んだ碧色の瞳は宝石のようだ。

だれからも愛される妹。父母の愛情を一身に集めた妹は、私を見て、こてりと首を傾げた。

「――お姉さまが代わりに嫁いでくれるよね？」

ああ……この妹は……本当に……。

妹の愛らしい顔を見つめ、私の心は凪いでいく。

妹は、私のことを人間だと思っていないのだろう。私は、先に生まれただけの……。妹が苦しいとき、身代わりになるだけの……。それだけの……。

私は渇いていく喉をこくりと鳴らした。……言わなければならないことがある。

「……王命を違《たが》えることになるのでは？」

妹の言葉にすぐに「わかった」と言えなかったのは、気持ちの問題もあったとは思う。だが、『王命』というのが怖かったのだ。

家族間のやりとりであれば、私が我慢すればいい。いつものように、私が我慢して、この家がうまく回るのならば、私は今まで通り、従っていただろう。

だが、王命まであるのならば、『妹のわがまま』や『家族愛』で済ませられる問題ではないのだ。

だから、そう言ったのだが、その瞬間、食卓の雰囲気は一気に変わった。

「まあ、お姉さま！　なんて怖いことを！」

「ああ、かわいそうなリル。こんなに体を震わせて……‼」

「王命に背くことにはならん‼」

妹の震える声と、それを庇う母の声。父は耳に響く、大きな声を出し、さらに食卓から立ち上がり、私まで歩み寄った。

そして、私はそのまま強引に腕を掴まれ、扉の外へと出される。

「メリルの前で、あのような態度を二度と取るな」

乱暴に扉を閉められ、掴まれた腕がじんじんと痛みを伝える。

引きずられるようにして部屋から出たので、足がうまくついてこず、右足首をひねってしまっていた。

腕と足首の痛みで、眉を寄せる。

だが、父はそんな私を気にすることはなく、脅すように低い声を出した。

「王命として、辺境伯に望まれたのは妹のメリルだ。当然だな。姉であるお前を望む者などいない。だから、お前はメリルとして嫁ぐのだ」

……メリルの姉として嫁ぐのではなく……？　私自身が妹になる……？

「妹の代わりというのは……姉の私が行くのではなく……。私が妹を名乗れ、と。そういうことですか？」

そんなこと……。そんなことが可能だろうか。

妹と私。姿かたちはまったく違う。妹は小柄で美しい金色の髪と宝石のような碧色の瞳を持つ、絶世の美少女だ。それに比べて私は……。

考え込むと、父は私がなにを考えていたのか察したらしい。ハッと鼻で笑った。

「お前ごときがメリルの代わりになるとは思っておらん。勘違いするな」

そして、また脅すような低い声。

「お前は馬車に乗り、輿入れをするメリルとして辺境伯領へ向かう。……しかし、辺境伯領へ着いたあと、馬車は魔物に襲われるのだ」

父が話しているのは未来の話。

だが、父は私の未来を断定して話をした。

「メリルは辺境での暮らしなど耐えられないだろう。体を壊してしまうのが早々にわかっている。……たとえ王命と言えど、死ぬとわかっている場所へ、メリルを嫁がせるわけにはいかない。この家に残っていれば、たとえメリルと名乗れなくても生きていくことはできる。ちょうど、お前の戸籍が一つあるからな」

私はそこで……。この話の本当の意図に気づいた。

妹の代わりに辺境伯へ嫁ぐ私。そして、私の馬車は魔物に襲われる。私は辺境伯に出会うことなく――

「――お前が代わりに死ね」

――メリルとして、生を終える。

第一話　旅立ちと出会い

輿入れするために用意された馬車は質素なものだった。

それもそうだ。この馬車は魔物に襲われるのが決まっている。

「……さようなら」

見送りはだれもいなかった。

伯爵家の輿入れだというのに、豪華なドレスも調度品も用意されず、名残を惜しむ家族もいない。だれもいない庭に一人で呟くと、私は馬車へと乗り込んだ。ほどなく、ガラガラと音を立てて馬車が走り出す。

辺境伯領までの旅路は一週間ほどだった。

馭者《ぎょしゃ》と私だけの旅はとくに問題もなく進んでいく。

馭者はこれまで伯爵家で雇っていた人物ではないようで、見覚えはない。

ただ、一人で伯爵家を出た私に対して思うことはあったようで、とても親切にしてくれた。

途中、父が用意した刺客に襲われたり、事故と偽って殺されたりするのではないかと思ったが、そんなことはなかった。

……父が見逃してくれた。

なんて、そんな甘い考えは持たない。

父はただ途中に通過する他領で問題が起きたり、想定外のことが起きたりすることを嫌ったのだろう。

その予想通り、辺境伯領へと入ると、馬車は中心部ではなく、森を目指すように進路を変えた。

……私はやはり、辺境伯に会うことはなく、魔物と出会い、そこで命を終えるのだろう。

石畳を進んでいた馬車は舗装されていない、土の道へと進んでいく。

馬車はこれまでより大きく揺れ、ときおり石を踏んでいるのか、大きく傾くこともあった。

それでも進み続け――ようやく馬車が止まった。

そして、馭者から声がかかる。

「申し訳ねぇ、お嬢様。これ以上は、馬車では進めそうにねぇんだ」

「……わかりました。降ります」

座席の下に置いていた小さなトランクを一つ持ち、馬車から降りる。

馬車は予想通り、森を進んでいたようで、見えた光景は一面の木だった。

鬱蒼としている……と言えばいいのだろうか。

やわらかな木漏れ日は入るような、人の手が入った森ではない。

それぞれの木が陽の光を求め、競争をしながら、上へ上へと伸びている。そして、その命を絡めとるように、蔦が木の幹を絞めていた。

「こんなことを言ってもあれなんだが……。お嬢様、目的地は本当にここでよかったんですか？」

「……ええ」

いい……。はずだ。

この森がきっと魔物が出没する森だろう。もっと奥へと進めば、地下迷宮の入り口があるのかもしれない。

「こんな気味が悪い森、儂は来たことがねぇ。……悪いことは言わねぇ。お嬢様。こんなところで待ち合わせをするヤツなんざ、信じちゃなんねぇよ」

「……あなたは、私がここで人を待つって聞いているの？」

「ああ。お嬢様が森で人と会うと聞いたんだ。伯爵家のお嬢様の待ち人のことを悪くいいたかねぇが、あんまりだ」

「……そう、ね」

駁者の言葉に曖昧なことしか返せない。

きっと、この駁者はなにも知らずにここにいるのだ。……この森に魔物が出ること。今もその危険があること。それを知らないまま……。

「お嬢様。儂には孫がいるんだ。孫は病気であんまり動けねぇ。お嬢様を送れば、薬の金が手に入るから、とここまで来た。……でも、金のために、儂はお嬢様を変なヤツに会わせたくねぇ」

「……お孫さんがいるの？」

「ああ。しょうがねぇ息子がいい嫁さんをもらってな。孫を見たらかわいくてなぁ。なんとかしてやりてぇと思ったんだが……」

「……ご家族を愛してるのね」

そう言うと、馭者はいやいやいや！　と手を振った。

「お嬢様みてぇなきれいな言葉で言われると照れちまうよ！」

……私にはその照れた顔がまぶしくて。

愛したり、愛されたりする人は、とても素敵な表情をしているから。

だから、私は努めて明るい声を出した。

「ここまでありがとう。歩いていくから、心配しないで」

一刻も早く、この馭者をこの森から出さなくては……。

「それなら儂が送ります！　それで、相手に一言、言ってやらないと……!!」

「大丈夫。……とっても素敵な方なの」

輿入れするメリルの待ち人といえば辺境伯だろう。馭者が心配しないよう、やわらかい言葉を選ぶ。本当は会ったこともない辺境伯がどんな人かはわからない。冷酷と噂されているようだけど。……私は会う前に、生を終えてしまうから。

「あなたのおかげで、ここまでとっても快適な旅でした。父には私をちゃんと森へ送り届けたと伝えてください。馬車が使えなくなったので、そこで別れた、私は森の奥へ進んだ、と」

「でも……」

馭者は心配そうに、瞳を揺らす。

私は笑顔が上手ではない。けれど、意識して口角を上げ、ふふっと声を上げた。

「森で待ち合わせするのはね、相手が姿をあまり見られたくない方だからなの。だから、あなたがいると、会えないかもしれなくて……」

「そりゃ大変だ……！」

「ええ。だから大丈夫なの。あなたはちゃんと仕事をし、私は待ち人に会える。だから、父に私が森の奥へ入ったと伝えて、契約したお金はしっかり受け取ってくださいね」

……そのお金で、愛された小さな子どもが助かるのならば。

それはきっと、私の命の対価として、とても素晴らしいものだ。

「わかりました。では、儂は行きますよ。……本当に大丈夫なんですね？」

「ええ。大丈夫よ。必ず来てくれるわ」

笑顔が……ちゃんとできているだろうか。

ここで、恐れや不安を出せば、きっとこの馭者は私を置いていってはくれない。そして、そのうちに魔物が現れれば、私も彼も死んでしまうだろう。

父は馭者が死のうと構わないはずだ。

この森の危険性を知っていれば、こんなことを頼める人間は少なく、法外な賃金が必要になる。

父は、私にそんなお金をかけることを嫌い、なにも知らない者に頼んだのだろうから。

この馭者が私に巻き込まれる必要はないのだ。

「それじゃあ、お嬢様！　お元気で‼」

男が私に手を振る。

私はその姿がうれしくて……。

「ええ。ここまで本当にありがとう」

最期に見た人が……私に手を振ってくれる人でよかった。

「さよなら」と告げた言葉を、受け取ってくれる人がいてよかった。

ゆっくりと小さくなる馬車に、私もそっと手を振ってみる。

人との別れのときに手を振るなんて慣れなくて……。振っていたてのひらを自分に向ける。

なに一つ、大切なものを掴むことができなかった手。

私にとって、愛は手からこぼれ落ち、だれかに与えられることも、だれかに与えることもできないものだから。

ぎゅっと握りしめた右手にはなにもない。

「よし……」

左手に小さなトランクを持ち、馬車と反対の方角へ向く。

森の奥深く。歩いていけば魔物に会えるだろうか。

一歩一歩、歩いていく。

が、舗装されていない道に足を取られ、なかなか前へ進まない。

そのうちに、父とのいざこざでくじいていた右足首が熱を持ってしまった。

「魔物……本当にいるのだろうか」

木の幹を支えにし、持っていたトランクを一度地面に置く。そして、ふぅっと息を吐いた。

この森に魔物が棲むというが、果たしてそれは本当なのだろうか。

実は魔物というのは、すべての人に認識されているわけではない。だから、あの馭者がこの森に魔物が棲むことを知らなくても無理はないのだ。

国家機密のような扱いとも違うが、ある程度の教養があるか、辺境伯領にでも住んでいない限り、地下迷宮の存在も知らないだろう。

私が知ったのも、ある本を読んだからだ。

居場所のない伯爵家で、私はいつも読書をしていた。

知識を蓄えるのはおもしろかったし、想像の世界へ旅立つことができるのも好きだった。

「たしか……木の姿に擬態した魔物もいるのよね」

一見すれば、ただの木。けれど、よく見れば、その木は根が動くのだ。そして、その根が地面から湧き上がり、動物や人間を襲う。

「私……あの森にいるんだ」

本で読んだ、あの魔物の棲む森。

そこにいると思うと、自然と頬が緩む。すると——

「えっ……」

地面がボコッと盛り上がった。

しかも、それは一か所じゃない。同時に何か所もの地面がボコボコボコッと盛り上がる。

「あっ、トランク……っ！」

その勢いで、私の持ってきていた小さなトランクが空中へと舞い上がった。

勢いは強く、壊れかけていた留め金はあっけなく壊れる。そして、中身が散乱していった。

入っていたのは数枚の書類と、すこしばかりの衣類。

その書類や衣類は地面から飛び出してきたものに、グサッと串刺しにされた。これは――

「……木の根だ」

地面から出現したのは木の根。何本も地面から飛び出したそれが、うねうねと動物のしっぽのように動いている。

「ここが、……私の見た最期」

本で見た魔物の棲む森。本で見た木の魔物。

これが最期になるのならば、それで……。

ゆっくりと目を閉じる。

木の根にグサッと刺されるのは痛いだろうか。できれば、その痛みが一瞬であればいい、と。

願っていた体に、痛みは走らない。

それどころか、なぜか、優しくふわっと持ち上がって――

「……ここでなにをしている」

低く落ち着いた声がして、ぱちりと目を開く。

すると、目に入ったのは、鮮やかな赤い髪と鋭い金色の眼。

「ここは……危険だ」

――気づけば、私は、大柄な男性に抱きかかえられていた。

状況が呑み込めず、思わず足をぱたぱたと揺らす。

その間に、赤い髪の男性は、手にしていた剣で、ザッと木の根を切り払った。

「すごい……」

思わず呟いてしまう。

私を左手一本で抱きかかえ、右手で剣を持ち、木の根を切り払う。普通はそんなことできないだろうに、男性はそれをいとも簡単にやってのけた。

そして、それと同時に、私はあることに気づいてしまう。

――助けられてしまったのだ、と。

「あ、あの、大丈夫です、あの……」

降ろしてほしくて、より強く、ぱたぱたと足を揺らす。

私はあの根に突き刺されないと……！

でも、男性はそんな私の抵抗をまったく意に介さない。

「まだ、本体が残っている」

そう低い声で呟くと、私を抱えたまま地を蹴った。

向かったのは、私が凭《もた》れていた木のちょうど向かい側の木。

どうやらそれが木に擬態した魔物の本体のようだった。

そして、その木の幹がちょうど男性の腰あたりのところで、スパッと斬られる。

男性は幹の倒れる位置も調整していたようで、木が私たちへ向かってくるようなこともなく、奥のほうへ向かって倒れていった。

「私の……未来が……」

木の根に刺されて死ぬはずだった。その未来があっけなく倒れていく。

私にはやるべきことがあった。

――妹の身代わりとなり死ぬことだ。

それが、今、あっという間に崩れていってしまった……。

思わず呟けば、男性の体がぴくりと揺れたのがわかった。

男性は剣を腰の鞘に納めると、片手で支えていた私の体を両腕で支えるように持ち替える。そして、じっと私を見て――

「あなたは、なぜここへ……?」

当然の問いかけ。

でも、私はそれに答えられず、顔を伏せた。

本当ならば助けてもらったことに感謝を述べねばならないだろう。だが、今、私の心にあるのは感謝ではなくて……。

私はここで死ななければならなかったのだ。それなのに助けられてしまった。どうすればいい

んだろう……。

考えて……。すると、ふと答えを思いついた。

――別人を装おう。

メリル・エバーランド。辺境伯へと輿入れした彼女は、魔物の棲む森で亡くなった。

馭者は生きているはずだから、父に私を森まで送り届けたことは伝わるだろう。

そして、私の持っていたトランクは木の魔物の根により、吹き飛ばされボロボロになった。一緒に持ってきた書類や衣服も穴が空いてしまったが、それがいい証拠になるはずだ。

これなら、メリル・エバーランドの死はちゃんと証明されるだろう。ならば、今、私がやることはやり過ごすこと。そして、近くの村や町で、仕事を見つければいいのではないだろうか。

本ばかり読んでいた私が、本当にうまくやっていけるかはわからない。

だが、どうせここで死ぬのならば、一度ぐらいは挑戦してもいいのではないだろうか。

「あ……ありがとうございました」

さっきまで自分の死を受け入れていたはずなのに、自分の気の変わりようにすこし驚く。

一度、死を覚悟し、それを助けられたからだろうか。それとも、今ここに、いつも私に我慢を強いていた父母や妹がいないからだろうか。

いつもの私よりも前向きな解決法は、私をすこしだけ大胆にさせた。

「ここには……理由があって来たのですが……。もう、いいです」

そう思えば、自然とほほが緩む。

すると、男性は金色の眼を驚いたように見開き……。そして、すぐに目を逸らした。

「……助けることができて、よかった」

「はい」

低く呟かれた言葉に、私も頷く。

すると、遠くから馬の足音が聞こえてきて……。どうやらこちらへ向かっているようだ。

「閣下！　一人で行かないでください！」

「……お前らが遅い」

「わかっています、そうでしょうとも！　ですが、閣下が一人でなにもかも終わらせてしまっては、我々の立場がないんですよ！」

馬は五頭ほど。それに跨る青年たちは、立派な制服を着ていた。馬装もしっかりとしており、身分の高さが見て取れた。

そんな中で先頭を走っていた青年が、私を抱き上げる男性へ声をかける。

気安いような、しかし、上下関係があるような……。

そして、なによりも気になったのは、男性への敬称。

「かっか……？」

理解が追いつかず、ぽかんとし、男性を見上げる。

鮮やかな赤い髪と鋭い金色の眼。立派な体格の男性だ。木の根を切り払い、幹を砕き折った。

その力強い腕は飾りではなく、相当な訓練を積んでいるのだろう。

そして――立派な制服。黒を基調とし、金色の刺繍やボタンがついた服は、馬に乗った青年たちよりも、より質がいいものに見えた。

「それにしても嘆かわしい！」

こちらまで馬で走り寄った青年たちが、馬から降りる。

一人は私たちのところへ。あとの四人は周りを警戒しながら、情報を集めているようだった。

私たちのところまでやってきた茶色い髪の青年は、はぁぁあと大きなため息をつくと、右手で頭を抱えた。

「ついに女性を攫ったのですか！　閣下に女性が寄り付かないのは閣下の顔と性格と体格と威圧感とその他すべての問題ですが、だからといって女性を攫うなど、恥ずべきことです！」

「……攫っていない」

茶色い髪の青年に詰められた男性は首を横に振った。

そう。きっと茶色い髪の青年が『攫った女性』と言っているのは、私のことだろう。

なので、私も一緒に首を横に振る。

私は……攫われていたわけではなく……。

「ここにいた」

「そんなわけないでしょう！　魔物の棲む森にこんな妙齢の女性が入り込むなんて……‼」

茶色い髪の青年は、頭から手を離すと、さらにきつく男性に詰め寄ろうとした。しかし、それを制するように、別の青年が一枚の書類を差し出した。

　それは——

「……えっ……これは……王命の……？」

——国王陛下の勅書。

　私の小さなトランクから飛び出したそれを、青年が捜し出したのだろう。

　それは父からメリルとして嫁げ、そして死ね、と言って渡されたものだ。

　……そう。私はそれを持って、ここで死ぬはずだった。

　勅書を持ったまま死ねば、いずれ、メリルだとわかるだろう、と。よしんば勅書が見つからなかったとしても、メリルに持たせたのだと言えば、父たちが困ることはない。

　木の根で串刺しにされたそれは、穴が空いていたけれど、国王の御璽《ぎょじ》は読み取ることができたのだろう。

　茶色い髪の青年はまじまじとそれを眺めている。

「……閣下」

「どうした」

　茶色い髪の青年の視線が、何度も勅書と私を行き来する。

　そして、自分を納得させるように頷いたあと、男性を見上げた。

「閣下が腕に抱きしめているその女性ですが、エバーランド伯爵令嬢だと思われます。先日、王命があったでしょう。結婚しろ、と」

　血の気が……引いていく。体の中心から冷えていき、手からは冷汗が止まらない。

別人として生きていこうと思った。ここで助けられたことを糧に、別の人生を送れたら、と。

でも、きっと……そんなこと、私には許されていなくて……。

「穴が空いて、魔物の痕もあるため、名前のあたりが読み取りにくいですが。……『エバーランド伯爵家の娘、リル・エバーランド。ハイルド・ナイン辺境伯への輿入れをせよ』と。そう、ここにあります」

胸がドクドクと嫌な音を立てる。

ここまで来たらわかってしまった。

ここ辺境伯領で『閣下』と呼ばれる人物。王命で……エバーランド伯爵令嬢と結婚しろと言われている人物。

そんな人は一人しか思い浮かばない。

私を助けた人物。この人が……。

――冷酷と噂される辺境伯、ハイルド・ナイン。

「あなたは、私の妻か……?」

鋭い金色の眼に聞かれて……。

私は目をさまよわせながら、「はい……」と答えるしかできなかった。

幕間一　ハイルドの困惑

今日は俺の領地にしては珍しく、すこし暑いぐらいの朝だった。

午前中に一通りの公務を終わらせ、俺付きの騎士たちと巡回に出たのだ。

地下迷宮には魔物が潜んでいるが、すべての魔物が地上へと出てくるわけではない。

また、森は鬱蒼としており、しばらくは森の中へと魔物を留めることができる。

俺は辺境伯として、その森や周辺の村や町を巡回することを日常としていた。

とくに変わらない一日。

魔物の襲撃もなければ、領民に変化もない。

――が、いつもと一つだけ違うことがあった。

森へ入ろうとする、村人の姿を見つけたのだ。

「どうした？　森に入るのか？」

もう、昼過ぎだ。魔物は夜に向けて活動が増えるため、領民は昼を過ぎた森へ入ることはない。

だが、珍しく、一人の男が森へ入ろうとしていた。

声をかければ、男は畏まって答えた。

曰く、森から出てきた馬車の馭者に、森を見てくれと頼まれたのだという。すこしばかりの金をもらったことと、その馭者がひどく心配していたことが気にかかったらしい。

「だれかいるのか？」

「わかりません。なにもなければそれでいい、と。ただ、もし変なことがあれば、だれかに報告してほしい、と。それだけです」

「そうか」

そんな曖昧な依頼で森へ入ろうというのだから、この男も気になっているのだろう。

そして、俺自身も、ざわめきのようなものが、胸に起きた。

……このままにはしておけない。

俺は馬に跨り、頷いた。

「俺が行く」

「え、ちょ、まっ‼　閣下！」

うしろから、俺付きの騎士たちの声が聞こえたが、気にせずに森へと走っていく。

あいつらならば、直に追いつくだろう。

そして、勘を頼りに馬を走らせれば、そこに彼女はいた。

地面から伸びた、たくさんの魔物の触手。

最初は、怯えて動けなくなっているのだろうと思った。

けれど、彼女はそれとはまた違った表情をしていたのだ。

諦め……と言えばいいのか。自分の最期を運命として受け入れている。そこに抵抗する気はないのだろう、と。

彼女に向かって、一斉に魔物の触手が動く。

俺は馬から降りると、彼女のもとへと地を蹴った。

その体を胸に抱き、向かってくる触手を切り伏せる。

彼女は怯えたためか、すこし足を動かしていたが、それも魔物を斃《たお》せば、なくなった。

話をしていくうちに、彼女の頬は次第に色づいていく。緊張がほぐれたためか……。諦めではない色が目に宿り、私に感謝を述べたとき、私はようやく安心できた。

そして、彼女が浮かべた笑顔は……。

ああいう笑顔を『花が咲いたようだ』というのだろう、と柄にもなく、詩的な表現が心に浮かんだ。すこし見惚れてしまい、女性に対して失礼だとすぐに目を逸らしてしまったが。

でも……今の彼女はどうだろう。

あの笑顔は失われ、顔からは血の気が引いていた。

俺が――ナイン辺境伯領の領主、ハイルドだと気づいてからは……。

「なぜ、彼女が森にいたか。俺は三つ思いついた」

かわいそうに、血の気を失ってしまった彼女はとりあえず、俺の屋敷へと連れて帰り、今はベッドで横になっている。

客間にいる彼女を残し、俺は俺付きの騎士を集めていた。

彼女について、一緒に考えたいと思ったからだ。

「一つ。誘拐された」

俺の執務室。五人の騎士はそれぞれ適当なところに居場所を作り、俺の話を聞いている。

そんな彼らに人差し指を立て、一つ目の考えを伝えていく。

伯爵令嬢である彼女ならば、辺境伯領へと入る前、あるいは入ったところで誘拐されていてもおかしくはない。馬車で森に入ったという情報もあることだしな。

だが、騎士五名の反応は悪く、全員、うーんと首をひねった。

「誘拐なら、森に置いていくのはダメだと思いまーす！」

一番年下の従騎士が挙手をし、意見を述べる。

たしかにそうなのだ。

伯爵令嬢である彼女が、供も連れず、あの森に一人でいたということは、誘拐が成功したということだろう。

なのに、彼女を森に置くというのは、益にならない行為だ。

「誘拐なら、身代金などが目的でしょうが、そういった要求はありません。また、馬車の駅者が彼女を心配していたという情報も気になります」

「そうだな……」

俺付きの騎士の筆頭。茶色い髪の騎士が冷静に意見を述べる。

周りの騎士も同じ意見なのだろう、異を唱える者はいない。

俺としても、その考えを覆すような情報はないため、次の考えを示すことにした。

「二つ。道に迷った」

二本目の指を立てる。

単純に……。俺のもとへ来るはずの馬車が道に迷い、森へと入り込んでしまった。そこを目的地だと勘違いした伯爵令嬢が馬車を降り、馬車は帰ってしまったとしたら……。

「ありえないと思いまーす！」

「ありえないかな」

「ありえないいんじゃない？」

「ありえないな」

「今、思考の道に迷っているのは閣下では？」

が、これにも騎士五名の反応は悪い。そして、筆頭騎士の嫌味がついてきた。

だから俺は、しかたなく三つ目の考えを口にした。

「三つ。……俺との結婚が嫌で、世を儚んだ」

これであってほしくない。

けれど、これまで反応の悪かった騎士五名は、はいはいはいっ！　と手を挙げた。

「三でーす！」

「三ですかね」

「三でしょうか」

「三だと思うぞ」

「逆に、三以外がありえると思える閣下は、割と自己評価が高いですね」

満場一致。三。

最後は筆頭騎士に嫌味まで付け加えられた。

「……彼女を伯爵家まで帰せないものか……」

俺はぐぅと喉を鳴らして、そう呟いた。

俺との結婚が嫌で、世を儚み、魔物の棲む森へ入るなど、よほど追い詰められていたと見える。

「しかし、王命です。閣下は無視しても問題ありませんが、伯爵家はただの貴族です。閣下と違い、王命に逆らうほどの力はないでしょう」

そうなのだろうな、と思う。

俺は王命など無視すればいいと考えていたが、伯爵家にとってはそうではなかった。

「……かわいそうなことをした」

望まぬ結婚を強いられるなど、つらいことだったに違いない。

それが、魔物の棲む森に入る決断に繋がったのだとすれば、きちんと手を打たなかった俺の責任だ。

「とにかく彼女には休息が必要だろう。……マチルダ、彼女の警護と世話を頼んでもいいか」

「はい。お任せください」

俺付きの騎士五名の中で唯一の女性であるマチルダに彼女のことを頼む。本来ならば侍女などがいればいいが、あいにくこの屋敷には掃除や料理、洗濯などを依頼している者たちはいるが、貴族の女性の世話をするような教育を受けてきた者はいない。

マチルダは騎士であり、本来の役目からはすこし逸れてしまうが、やはり同性のほうがいいだろう。

マチルダも否と言うことはなく、受けてくれた。

「あとは、マチルダの補佐だ。コニー頼めるか」

「うん。大丈夫だよー！」

マチルダ一人だけで、彼女の警護と世話をすべてすることは難しいだろう。できるだけ彼女に警戒されないよう、一番年下であり、従騎士のコニーに補佐を頼んだ。

「エドとゴランは、エバーランド伯爵家を調べてほしい。なにもなければそれでいい。だが……」

すこし、おかしいと思うのだ。

「彼女の体はその身長に比べて、非常に軽く感じた。……それが体質や、彼女が望んだものであるならば、問題ない。俺の杞憂であれば」

そこまで伝えると騎士五名はそれぞれ目配せをし合った。

そして、慎重に頷く。

「エバーランド伯爵家は由緒正しい家柄です。最近では商売を始め、それが軌道に乗ったようで羽振りがよくなっているという噂もあります。ご令嬢のことだけでなく、そのあたりも調べてみるといいかもしれない」

「オッケー」

「わかった」

筆頭騎士の言葉に、長い髪を一つにくくった騎士エドと、一番年上の騎士であるゴランが頷く。

二人であれば、市井に紛れて情報収集することも可能だろう。

「とにかく、閣下は女性に怖がられるのですから、そこを忘れないでください。エバーランド伯爵令嬢にお会いするときは紳士に！」

「……わかった」

筆頭騎士であるジャックにそう言われ、俺は神妙に頷いた。

第二話 ✢ 温かい人々

──助けられてしまった。

──出会ってはいけなかった辺境伯自身の手で。

清潔な部屋、清潔なベッド。

現実から逃げるように、頭まで布団を被り、私はぎゅっと目を閉じた。

「どうしよう……。どうしたら……」

魔物から助けられたあと、国王からの勅書が見つかってしまった。そう。私は辺境伯へと輿入れしようとした『リル・エバーランド』だと認識されてしまったのだ。

本当は『メリル・エバーランド』と書かれていたはずだが、魔物により穴の開いた勅書では『メ』の部分が読み取れなかったのだろう。

森の中で一瞬考えた、別人になって生きていく道。それはもう難しいかもしれない。

ここで……このまま、辺境伯の妻として生きていく……。それが一番いいのだろうか。だが、父母と妹はそんな私をどう思うだろう……。

それに、私なんかが妹の代わりなどできるはずもない。

私が妹ではないとわかれば、辺境伯は怒り狂うだろう。俺が望んだのは出来損ないの姉ではない、と。

「逃げることは……」

ここから逃げ出し、どこか遠くへ。

でも……。勅書により輿入れした『リル・エバーランド』が逃げ出せば、それはエバーランド伯爵家の罪となるだろう。

……あのとき、辺境伯が私を助けた。

あの瞬間から、私が取れる道はきっともう一つしかないのだ。

逃げることはできない。

――妹の身代わりで辺境伯の妻となる。

私なんかが妹の代わりにはならない。だが、やるしかないのだ。

『お前が代わりに死ね』と言われた。その通りになればよかったのに……。

辺境伯に会う前に死ななければならなかった私が、助けられてしまったことが間違いだった。

「きっと……がっかりされたはず……」

布団の中で身を縮こまらせ、ぐっと手を握りしめる。

辺境伯は「あなたが、私の妻か?」と聞いた。私が「はい」と答えたとき、落胆しただろう。

私の存在が人の表情を翳らせることはわかっている。だから、私は「はい」と答えたあと、辺境伯の顔を見ないようにした。

想像の中の辺境伯は……金色の眼を伏せ、眉を寄せている。こんな女が妻だなんて、と思い……けれど、それを口にはせず、私を屋敷へと連れ帰るのだ。

大丈夫。私は自分の存在が迷惑なことはわかっている。

落胆するのが当たり前なのだから、それでいいのだ。

そして……我慢の限界が来た辺境伯は私を離縁するだろう。もしかしたら私が妹ではないことに早々に気づき、エバーランド伯爵家を訴えるかもしれない。

生き残ってしまった私。

妹の身代わりとして来たのに、なにもできない私。

生き残ってしまったことで辺境伯を落胆させ、エバーランド伯爵家を窮地に追いやるのだ。

「あの木の根に刺されていれば……」

辺境伯の手によって、助けられなければ。全員幸せになれたのに……。

……私の手にはなにもない。なにも掴めない。

さらに強く手を握りしめると、コンコンと扉がノックされた。

「は、はい……っ」

ビクッと体を動かし、急いでベッドから降りる。

布団をきれいに戻し、髪を手櫛で直してから、扉へと向き直った。

「どうぞ……」

私の声を合図にし、扉が開かれる。

入ってきたのは――辺境伯だ。

うしろには制服を着た女性の姿もあった。

「休息中に失礼する。……話をしていいか」

「は、い。もちろん」

鮮やかな赤い髪に鋭い金色の眼。

私を魔物から助けたときと同じ様子で、辺境伯は現れた。

私が立っている場所まで近づき……あと三歩。そのぐらいの位置で辺境伯は立ち止まる。

「ここから先には進まない。無暗に近づくことはしない」

「はい……」

低くて落ち着いた声。

お腹に直接響いてくるような音は、端的にそれだけを告げた。

……言葉を、飾らない人なのだと感じる。

一見、冷たく酷いことを言っているようにも思えるが、そうではなく、きっと私を気遣っているのだろう。

……私にそんな価値はないのに。

「俺の名前はハイルド・ナインだ。辺境伯の地位を賜っている」

「あ……私は……『リル・エバーランド』です。……王命により、こちらに参りました」

「……ああ」

辺境伯の名乗りを受け、私も急いでそれを返す。

告げたのは『リル・エバーランド』。勅書で読み取れた名前をそのまま使うことにした。

『メリル』と言わなかったのは……。

私なんかが妹になれるわけはないから。だからきっと、そう告げてしまったのだ。

「突然の王命でこの地まで訪れ、心労も多いだろう。まずは休息を」

「は……はい……」

父母と妹から冷酷だと聞かされていた辺境伯に労わられ、思わず目が泳ぐ。

まだ会ってすぐだが、目の前の人が、父母と妹が話をしていた人物だと到底思えない。

聞いていた話はこうだ。

辺境伯は粗暴で人を人とも思っていない。自分の意に添わぬ者は殺してしまう。……魔物のような人物なのだ、と。

「王命について、対処が遅くなり、あなたに迷惑をかけた」

「い、いえ、そんなことは……っ」

「直にうまくいくだろう。安心してほしい」

「は……はい……っ」

『うまくいく』とはどういうことだろう。

もしかして、もう辺境伯は私が妹の身代わりで来たことに気づいていて、それをどうにかするということかもしれない。

ここからエバーランド伯爵領までは馬車で一週間。往復で二週間。辺境伯の部下が情報を集めたり、政治的な動きをしたりするとして、私がここで『リル・エバーランド』としていられるのは二週間とすこし……。

その後、私はどうなるだろう。いや、私は構わない。父母と妹は……。辺境伯は……。

胸がどくどくと鳴り、握ったてのひらには冷汗が溜まった。

緊張で体を固くすると、辺境伯のうしろに控えていた女性がこそっと辺境伯に告げた。

「閣下、怖がられていますよ」

「そうか……」

辺境伯の声がすこしだけしょんぼりと聞こえた。

そして、うしろに一歩下がり、私まであと四歩のところになる。

控えていた女性の隣に立つと、その女性をぐっと前へ押した。

「リル・エバーランド嬢。彼女はマチルダという。俺付きの騎士だが、しばらくはあなたの警護に当たる」

「はじめまして。リル・エバーランド様。紹介にあずかりましたマチルダです。閣下の妻として輿入れしてくださり、まことにありがとうございます。私はとても喜んでおります」

「……マチルダ」

辺境伯は低い声で女性の名を呼んだが、呼ばれた当人はどこ吹く風だ。

女性は榛《はしばみ》色のポニーテールを揺らし、「万歳」と両手を上げた。

「閣下に女の影がなさすぎるせいで、大変迷惑しておりました。私にとって、まさに救世主。誠心誠意お仕えいたします」

そう言うと、右手を胸に当て、丁寧にお辞儀をした。

これまで騎士というのは本の中に存在する架空の職業だったのでぽーっと見惚れてしまう。

女性は礼をやめると、そんな私を見て、クスッと笑った。

そして、私のもとへと近づき、右手を取る。

「リル様とお呼びしてもいいでしょうか？」

「は、はいっ」

「では、私のことはマチルダと、そのままお呼びください」

「はいっ」

どぎまぎとする胸のせいで、いつもより勢いよく返事をしてしまう。

女性の騎士――マチルダはそんな私に呆れることなく、そのまま、ベッドへと腰かけさせた。

「閣下」

「ああ、そうだな。睡眠だな」

「はい。睡眠でしょう」

「え？」

二人は息ぴったりに頷き合っている。

マチルダはベッドの上の布団を剥がすと、私の足をベッドへと上げ、お腹まで布団をかけた。

「まずは寝ることだ。寝ていないと、悪いことばかりを思いつく」

「ええそうです。リル様は馬車の長旅であまり睡眠もとれなかったのではないですか？　目の下にクマができています」

マチルダがそう言って、私の目の下をそっと触る。

クマがあるかどうかなんて、気にしたことがなかった。伯爵家では夜中まで働き、朝が早かったのだ。さらに、休憩する時間を読書に充てていたため、睡眠はいつも短いほうだった。だから、これが私の顔だと思っていたけれど……。

「では、俺はもう出よう。……最後に一つだけ」

辺境伯はそう言うと、スッと金色の眼を細めた。

「あなたはなぜ、森にいたんだ？」

それは……当然の疑問。

魔物から助けられたときにも聞かれたが、答えることができなかった。

——家族に言われ、妹の身代わりとして嫁ぎ、それが露見しないよう、妹として死ぬためです。

……そんな答え、言えるわけがない。

一瞬、口籠って……。私はそろそろと声を出した。

「……魔物の棲む森と、魔物に……興味があったのです」

告げた答えはほとんどすべてが嘘。真実を表さない言葉。

でも……。それは、私の心にあった、ほんのわずかな本音だった。

辺境伯はそんな私に「そうか」とだけ答えると、それ以上の質問はせず、そのまま部屋を出て行った。

私の言葉を信じたのだろうか……。本当に最後に一つだけの質問だったことに、私が驚いてしまう。するとマチルダがそっと私の頭を撫でた。

「心配ありません、リル様。閣下はあのままの人物です」

……優しい、温かい手だ。

その手に導かれるように、私はそのまま目を閉じ——


——ベッドで横になり、気づけばもう翌日だった。

魔物の棲む森へと入ったのが昼過ぎ。辺境伯に助けられ、休息とすこしの会話をしたのは夕方前だろう。

つまり、私は夕方から翌朝までぐっすりと眠ってしまったということだ。

ベッドに潜ったあとに考えごとをしようと思っていたのに……。マチルダに優しく頭を撫でられ、トントンと胸を叩かれ、気づいたら入眠していた。

だれかにこんな風に甘やかされたことがなかったから……。

疲れていた体と、限界を迎えていた精神はあっという間に眠りに落ちてしまったのだろう。

「ご、ごめんなさい……、朝の……仕事を……っ」

ベッドから跳ね起き、窓へと視線を移す。

すでにカーテンの開けられた窓の向こう。陽はすでにかなり昇っていた。

胸がどくどくと鳴る。

あれはまだ私が小さいころ。こんな風に疲れて朝寝坊をしてしまった日、父に頬を叩かれることがよくあった。

成長し、朝にしっかりと起きられるようになってからは、こんなに寝坊をしてしまうことはなかったのに……！

慌てて、ベッドから降りると、急いでいたせいか足がもつれた。

「あっ……！」

「どうしました、リル様」

前に倒れ込みそうになった私を、だれかがそっと支えてくれる。

おそるおそる顔を上げれば、そこにあるのは榛色のポニーテールと、同色の瞳。

ああ……。そうだ。ここは……。

「あ、ごめんなさい……マチルダ」

「いいえ、混乱されたのですね。無理もありません」

マチルダに支えられた体に力を入れ、しっかりと自分で立つ。

寝ぼけて、伯爵家の記憶と現在が混ざり合ってしまった。

ここにはもう父母と妹はいない。朝の仕事も今の私にはない。

——妹の身代わりに嫁いだ私は、殴られるようなことはないのだ。

「それより、リル様、お腹が空いてはいませんか?」

マチルダは私の様子のおかしさに気づいただろうが、そこには触れずに笑顔を浮かべた。優しい笑顔だ。

「昨夜、食事のためにリル様を起こそうかとも思ったのですが、睡眠をとるほうが先だろうと閣下と相談したのです。そして、よく眠ったあとは食事です」

「……はい」

昨日、マチルダがずっと私の頭を撫でて、胸を叩いてくれたからだろう。

たった一日しか経っていないのに、無条件でマチルダの声が好ましく響く。

マチルダが言うならそうしてみよう、と。そういう気分になるのだ。

「朝食は一階にあるダイニングにて食べることになっています。……これはちょっとリル様には申し訳ないのですが、そこには閣下がおり、……それだけでなく騎士も一緒に食事を摂っております」

マチルダは言いづらそうに説明をした。

ここは辺境伯の屋敷だから、辺境伯がダイニングで食事を摂ることはおかしくない。だが、騎士も一緒というのはどうなのだろう。

一般的な食卓というのがわからないけれど、マチルダの様子から見ると珍しいことなのかもしれない。

辺境伯や騎士が食事をしている場所に私が行ってもいいのだろうか……。

「私が行くとお邪魔でしたら、私はどこでも……」

「いえ！　リル様が邪魔など、とんでもない。私はリル様が緊張するのではないかと思ったのですが」

「私は……みなさんの迷惑にならないようにします」

私の答えに、マチルダはうーんと考える。そして、よしと頷いた。

「一度、行ってみましょう。それがしんどいようでしたら、私に言ってください。明日からまた違う方法をとります」

「……はい」

そうして、私は急いで朝の支度を終わらせると、一階のダイニングへと向かった。

ダイニングにあったのは大きなテーブルと七つの椅子。すでに辺境伯と茶色い髪の騎士が席についていた。

「おはよう。よく眠っていたな」

「……はい」

辺境伯が私を見て、すこしだけ目を緩める。そうすると、鋭い金色の眼がやわらかくなったように思えた。

「おはようございます。席はこちらです」

茶色い髪の騎士は席を立ち、私のために椅子を引いてくれた。

マチルダにエスコートされながらそこまで行き、椅子へと座るタイミングで茶色い髪の騎士が椅子を戻してくる。

……完璧に、貴族の令嬢の扱いだ。

私がこういった経験をすることはなかったが、教養として身に付けておくことは必要だと考えていた。そのため、必死で本を読んで、一人で椅子に座る練習をしていたのだが……。

実践ははじめてだったので、うまくできているか緊張したが、辺境伯もマチルダも茶色い髪の騎士も眉を顰めていない。

きっと、うまくできたのだろうとほっと息を吐く。

すると、辺境伯が口を開いた。

「リル・エバーランド嬢。筆頭騎士のジャックだ。主に私の片腕として勤めている」

どうやら、騎士の紹介をしてくれるようだ。

辺境伯に示された茶色い髪の騎士は、昨日マチルダがしてくれたような、騎士の礼をとった。

「筆頭騎士のジャックです。閣下の至らぬところは多々あると思いますが、どうか長い目で見ていただきたいのです。閣下をよく見ていただければ、必ず……必ず、その魅力が伝わる……はず、と信じたい。そういう気持ちです」

「……ジャック」

筆頭騎士は朗々とそう言うと、頭が痛いと額に手を当てる。

辺境伯は低い声で筆頭騎士の名前を呼んだが、筆頭騎士は気にせずに私に手を差し出した。

「どうぞジャックとお呼びください。困ったことがあれば私にご相談を。解決いたします」

「あ……ありがとう、ございます……」

握手を求められているのだと気づき、慌ててその手を握る。

茶色い髪の筆頭騎士――ジャックは優しく握り返すと、そっと手を離した。

「さあ、冷めないうちに食事を。朝は待ってくれません。……にしても、コニーが遅い」

「呼んできます」

ジャックの言葉にマチルダが動いた。

けれど、マチルダがダイニングから出る前にバタバタッと足音がして、扉が開かれる。

「遅くなりましたー！」

入ってきたのは少年の……騎士だろうか。私より年齢が低いかもしれない。

夕日のような色の髪がふわふわと揺れている。そして、一束だけピンと上に立っていた。

「この寝ぐせが全然直らなくてー」

「今も直っていない」

「えー……！」

少年の騎士はがっくりと肩を落としたあと、あっ！　と顔を上げた。

視線の先にいるのは……私だ。

髪と同じ、夕日色の目がきらきらと輝いている。

辺境伯もそれに気づいたらしく、私へその少年の騎士を紹介してくれた。

「コニーだ。従騎士としてここにいる。これからはマチルダとともに行動することが増える」

「はーい！　コニーです！　はじめまして！　コニーと呼んでください。マチルダさんとともに、お手伝いをさせていただきますね！」

元気よくにこにこと挨拶をすると、その場でぺこりとお辞儀をした。

「では、朝食を摂りましょう。騒がしくて申し訳ありません」

ジャックさんは苦笑すると、そのまま席へと着いた。

中央には大きなテーブル。

私の正面には辺境伯がおり、辺境伯の右隣にはジャックが座っていた。そして、私の左にマチルダが座り、その横にコニー。

席は七つあったから、二つ余っている。

テーブルの上にはすでに料理が置かれていて、給仕をする従僕や侍女はいないようだ。

「では、食べよう」

辺境伯の言葉を合図に、朝食が始まる。

私は自分のマナーに自信がなくて、食事には手を付けず、辺境伯と騎士たちの様子を窺った。

テーブルに載った料理は五つ。

てのひらサイズのころんとしたパン。スープ皿に入れられたポタージュ。メインのお皿にはみずみずしいサラダが脇に盛られ、中央には三本のソーセージと、黄色いオムレツが載っていた。

辺境伯や騎士たちの食べる様子を見るに、特別なマナーはないように思う。どの皿を食べるか、順番もバラバラだ。

給仕がいないため、一度に並べられた食事を、各々が好きなように食べているのだろう。

「今日の予定だが」

食事の沈黙を破ったのは、辺境伯だ。

食事中は話をしないということもないのだろう。むしろ、食事中に今日の予定を話しているようで――

「リル様」

辺境伯とジャックが話しているのを見つめていると、隣に座っていたマチルダがそっと声をかけてきた。

「なにか食べられないものでもありましたか？　体調の悪さが続いているとか……。先ほどから食事が進んでいないようなので……」

「あ、ごめんなさい、違うの。……すこし慣れなくて」

「そうですよね」

マチルダは申し訳なさそうに眉を寄せた。

「マナーもなにもあったものじゃないんですが、ここではこんな風に朝食を摂りながら、一日の流れを決めたり、情報の共有をしたりを日常にしていて……。魔物の森のこともありまして、どうしても午前中に仕事が偏ってしまうのです。なので、無駄な時間を省き、かつ安全に……と、こんな形になってしまいました」

「閣下が言い出したんだよー！」

マチルダの言葉に、コニーが付け足す。

辺境伯はそれに無表情で答えた。

「社交マナーで安全は買えない。時間も無駄にかかるだけだ」

「ええそうです。その通りです。公私混同も甚だしいですが」

「なにが起こるかわからないのがこの土地だ。その分、午後はなにもしない」

「ええ私はわかっていますとも。朝食兼朝礼。正直に言うと非常に楽です」

辺境伯とジャックのやりとり。

そこに、コニーとマチルダも加わる。

「僕もー！　ぎりぎりまで寝られる！」

「食事の心配がないのはいいですね」

どうやら今、ここで行われているのは朝食兼朝礼らしい。

それで、マチルダは私をここへ呼ぶか迷ったのだろう。

それを理解したとき、ふっと目の前に紗《しゃ》がかかった。

――ここにいて、いいわけがない。

心でそう声がした。

出来損ないの姉がなぜ、素晴らしい騎士たちと同じ食卓についているのか？　と。

明るい声。そこになぜ、出来損ないの私が混じっているのか？　と。食卓に響く
紗のかかった景色から逃れるように顔を伏せる。

すると、低く落ち着いた声が響いて……。

「落ち着いた場所が良ければ伝えてくれ」

それは……辺境伯の声。

「あなたが無理をして合わせる必要はない」

そして、辺境伯の言葉をかみ砕くように、マチルダが続けた。

「リル様はもっと落ち着いた場所で食べていらっしゃったと思うのです。ですので、この騒がしさが負担になるようならば、必ず教えてくださいさい」

マチルダは私を気遣うように、そう説明した。

その言葉に嘘はなくて……。

辺境伯もマチルダも私を気遣ってくれている。それがわかると同時に……。

「ごめんなさい……胸が……」

胸が……痛い。しくしくと、痛い。

でも、その痛みから逃れるように、私はスプーンを手に取った。

そして、クリーム色のポタージュを掬う。とろりとしたスープを口に入れれば――

「……おいしい」

広がる旨みとやわらかなクリームの舌触り。どうやらきのこのポタージュだったようで、鼻腔からはきのこの芳しい香りが抜けていった。

アツアツではない。けれど、喉を通ると、体全体がじんわりと温まるのがわかった。

「そうか、おいしいか」

聞こえたのは……うれしそうな声だった。

その瞬間、目の前から紗が消え、つられるように顔を上げる。

そこにあったのは――

「俺も、きのこのポタージュが好きだ」

――鋭い金色の眼を優しく細める男性。

――私を見て、笑顔を浮かべる……辺境伯。

ああ……あなたは……。

私が食事をおいしい、と。そう思っただけで。そう呟いただけで。

こんなにも優しく笑ってくれる。

「リル様っ⁉」

「どうしたんですかー⁉」

気づけば私は、ぽろぽろと涙をこぼしていた。

「私の判断ミスです。申し訳ありません。一度体験してから……と思いましたが、こんな騒がしい食事はお嫌でしたね」

「閣下の笑顔が怖かったんだよねー……」

マチルダとコニーが席を立ち、急いで私の両脇へとやってくる。

私が落ち着くようにだろう。

マチルダは私の背中に手を当て、優しく撫でる。コニーは清潔なハンカチを取り出し、私の流れていく涙を押さえてくれた。

「ごめんなさい、違うの。これは……その、うれしくて……」

二人を安心させるために、告げた言葉。半分は真実で半分は嘘。

「私は……人と食卓をともにすることがなくて……。だから、みなさんの会話を聞きながら、同じテーブルで同じ食事を摂っていることが……うれしかったのです」

そう。うれしかったのだ。

伯爵家に生まれた私。物心ついたときにはすでに食事はひとりぼっちだった。

幼すぎて忘れただけかもしれないが、記憶をたどってみても、一緒に食事を摂った経験はない。

調理場で作られた料理を自分で部屋に運ぶ。そして、それを一人で食べて、一人で片付ける。

ダイニングでは父母と妹が三人で食事をしているようで、いつも笑い声が聞こえていた。

「驚かせてしまってごめんなさい。みなさんは話を続けてください。私も食事を続けます」

涙は止まらない。けれど、自分で思っていたよりも、声は震えなかった。

コニーからハンカチをそのまま受け取り、マチルダの手をそっと外す。

二人に「ありがとう」とお礼を言えば、二人は視線を交わし合ったあと、席へと戻っていった。

それを確認し、もう一度、きのこのポタージュを口に入れる。

「お、いしい……」

二口目もやっぱりおいしい。私の体の芯をじんわりと温めていく。

その瞬間、また、ぽろりと流れ落ちた涙を、コニーのハンカチで拭った。

「……うれしくて」

みんなの視線が集まったのを感じたので、もう一度、それを伝える。

そう。これはうれし涙なのだ。


……でも。

本当は……。


それに覆いかぶさるように、悲しみと痛みが押し寄せる。

辺境伯の言葉と笑顔を見たときに気づいてしまったのだ。

私は……。

——父にこうしてほしかったのだ、と。

背中に当てられたマチルダの優しい手。

……これが、母であってほしかった。

頬を拭ってくれるコニーの小さな手。

……これが、妹のものであってほしかった。

自分が恥ずかしい。優しくしてもらったのに、こんな望みが心に浮かぶ。

——父母と妹。

――そこから離れて存在している私。

そんなこと、ずっとわかっていると思っていた。

もう心は動かないと思っていたのに、こんな些細なことで涙が止まらない。

……私の心は悲しみと痛みを忘れたわけではなかった。

幼いころに「愛されたい」と願った私。その幼い私はずっと心の中にいて……。あまりにも悲しくて痛かったから、それを考えないようにしていただけなのだ。

自分には与えられるはずもなかった場所。突然に触れたその場所で、見ないふりをしていた感情が顔を出す。悲しみと痛みをないまぜにして、私の胸をしくしくと痛める。

「あなたが望めば、これが毎日だ」

辺境伯は私を励ますように、そう告げた。

私がずっと望んでいた食卓。優しさと温かさのある場所。

……望めば、それが手に入る。

「……ありがとうございます」

どんなに願っても、私には与えられなかった。それでも私はきっと、「もしかしたら」と思っていたのだろう。努力をし続ければ……いつか愛されるかもしれない、と。

……はじめて食卓に呼ばれたあの日。

読みかけの本を放り出して、急いで駆けつけたあの場所。

そこで、私は――

『そうだ。私の代わりに、お姉さまが行けばいいじゃない！』

——妹にそう言われた。だから、ここに来たのだ。

『——お前が代わりに死ね』

そう言われて……。

「リル様、オムレツもとてもおいしいですよ」

手を止めてしまった私にマチルダが優しく声をかけてくれる。

視線を向ければ、マチルダはフォークでオムレツを掬い、ぱくりと口に入れた。

「うーん！　おいしいです」

マチルダがそう言って、榛色の瞳を輝かせる。

きらきらと光るその瞳につられて、私の口角がふっと緩んだ。

「……私も食べてみます」

黄色いオムレツはふんわりと形を保っている。そこにナイフを入れれば、半熟で、断面はとろとろだ。慎重にフォークに載せ、口へ入れれば——

「おいしい……」

ふんわりと香るバターと、とろけていく玉子。表面にはしっかりと火が入っているから、食感の違いも楽しめた。

マチルダの言う通り。……本当においしい。

「あ！　あ！　あの！　こっちのソーセージもおいしいですー！」

コニーはそう言うと、私に向かってソーセージを食べてみせる。その姿がかわいくて、また、私の口角は緩んだ。

「こちらのサラダもおいしいですよ」

斜向《はすむ》かいに座っているジャックもそう言って、サラダを食べてみせてくれる。

「……パンもうまい」

辺境伯はそう言うと、てのひらサイズのパンを半分にちぎり、それを豪快に口に入れた。

「パンって……」

「パンもおいしいけどー……」

「もっとほかにあったのでは？」

そんな辺境伯に騎士たちが呆れ顔をしている。

その飾らない関係が、心地よくて……。そこに私も加わっているのが信じられなくて……。

「みなさん、本当にありがとうございます。……涙も止まりました」

気づけば、涙は止まっていて、残ったのは、優しさと温かさ。

それと――

「しっかり食べます」

――悲しみと痛み。

でも、もう涙は出ない。胸のしくしくとした痛みはただそこにあるだけで、悲鳴を上げたりはしなかった。

「……ここは素敵な場所です」

……私の望みがすべて詰まっている。

願ったものが、ここなら、すべて叶えられる。

――私が妹の身代わりだから。

私が私でなくなれば……。妹になれば……。こんなにも簡単に、望みが叶う。

「ごめんなさい……」

小さくこぼれた謝罪は、だれにも届かなかったかもしれない。それでいい。これは自分を守るための謝罪だから。

私は、こんなにも優しく、温かい人たちに嘘をついている。

ここに嫁ぐのは妹だったはずなのに……。私は死ななければならなかったのに……。

今すぐ、正直に話すことができれば、この人たちを裏切らなくていい。なのに、それもできない。

愛されたかった私が……。父母と妹の愛を諦められない私が……。

愛されたいと泣いていた幼い私。それは今もまだ心の中にいて、家族の愛を願っている。

食事を再開した私は、もう手を止めない。

どの食事もおいしくて、気づけば食べ終わっていた。

辺境伯と騎士も食事と一通りの話を終えたようだ。

すると、ジャックが私をじっと見たあと、「そうだ」と提案をした。

「今日、閣下の仕事はあまりありません。閣下はリル様とお出かけになるのはどうですか？」

ジャックの言葉にマチルダとコニーが賛成！　とすぐに乗った。

「リル様はまだ慣れていないこともあるでしょう。そういう時間も大切かもしれません」

「すごくいいと思うー！　リル様はまだこの土地を知らないだろうし、閣下が案内してあげると、すごくいいいんじゃないかなー？」

私は騎士たちの顔を見て、それでいいんだろうか、と目を泳がせた。

辺境伯自らが案内するなんて、迷惑ではないだろうか……。

「私は……お仕事の邪魔をするわけには……」

そう言葉に出してみたけれど、強く否定することもできない。

すると、辺境伯は首を横に振った。

「邪魔ではない」

「ええ。閣下が紳士に。かつユーモアを交えて、笑顔を引き出してくれることでしょう！」

ジャックはそう言うと、辺境伯をじろりと見た。

辺境伯は三人の言葉を受け、「ああ」と頷く。そして――

「……魔物の森へ行くか？」

――私を魔物の棲む森へと誘った。

「は？」

「えー……」

「なんでそうなったんですか⁉」

その瞬間、騎士三名はガタッと椅子から立ち上がった。

幕間二 ハイルドの努力

「なぜ魔物の森なんですか?」

「リル様に相応しい場所が、もっとほかにあったのではないですか?」

「僕もそう思うー」

俺は朝食後、ジャックとマチルダとコニーに詰め寄られていた。

食事中に涙を流したリル・エバーランド嬢。その涙を見て、俺たち四人は同じ気持ちになったのだろう。彼女を励ましたい、と。

そこで俺が誘ったのが魔物の森だった。

彼女は俺の誘いに頷いたが、三人は未だに納得していないらしい。

彼女を私室へと送ったあと、俺の私室へと集まった三人は俺をじっと見つめていた。……というか、睨んでいた。

「昨日、眠る前、彼女は『魔物の森に興味があった』と言った」

三人に俺の意図を伝えようと、言葉を告げる。

ジャックはそれに「ほう」と声を出した。

「魔物の森に興味がある、ですか。それは珍しい方ですね」

「あー……たしかにそれは私も聞きました。閣下がなぜ森に入ったのかを尋ねると、『魔物の棲む森と、魔物に興味があった』と」

「ああ。俺はその言葉は本当だろうと思ったのだ」

俺の話に、三人の目から険が取れる。

俺の提案がまったくの考えなしだったわけではなく、彼女のことを思っての言葉だとわかってくれたのだろう。

「なぜ興味があるのかはわからない。その場を誤魔化すための嘘の可能性もある。……また、その言葉は真実すべてとは限らないだろう。だが、言葉少ない彼女が伝えてくれたものだ。それを尊重したい」

「「「おおお……」」」

三人が俺の話に声を漏らす。

「閣下がまともなことを言っている……！」

「はい、まさか、コミュニケーション能力最低値の閣下がそんなにもリル様のことを考えているなんて……！」

「コミュニケーション下手すぎの閣下が！」

俺の人付き合いについては三人の言う通りなので、それには黙って頷く。そして、ぐっと目に力を入れて、三人を見た。

「俺は、彼女のことをもっと知りたい」

「「「おおお……」」」

その瞬間三人が声を漏らした。驚きすぎて声が漏れたという感じか。一回目よりも大きい。

「ついに閣下にも恋が……！」

「これはそう、そうですね、恋というに相応しいかもしれません……！」

「わぁ！　初恋かな！」

三人の言葉に黙って頷く。この気持ちが……本当に恋かはわからない。今ある気持ちはあとで名付ければいいものだと俺は思う。今はただ、彼女のことを第一に。

「閣下のお気持ちはわかりました」

「リル様は非常にかわいらしい。こんな素敵な女性に来ていただき、本当に僥倖《ぎょうこう》としか言いようがありませんし、閣下がそう思うのは自然の摂理です」

「閣下って思い立ったら一直線ですしねー」

三人の盛り上がりに黙って頷いた。そして、きゅっと眉間に皺を寄せる。

「知恵を借りたい」

彼女のことを知るにはどうしたらいいだろう。俺はそれがわからなかったのだ。

「俺だけでは怖がらせてしまう」

「「「あー……」」」

俺の言葉に三人はさもありなんと頷いた。

そう。俺は人を怖がらせる。それはこの赤い髪と金色の眼という人を威圧する色合いもあるが、それ以上に顔つき、表情、体格だろう。

リル・エバーランド嬢のような若い女性からすれば、俺のことは怖くてたまらないはずだ。

なので、三人からどうすればいいか聞こうとしたのだが、ジャックとマチルダはうーんと首をひねり……。

「閣下、申し訳ありませんが、私は恋愛に疎いです。閣下よりはさすがにマシですが、一般的に見れば、助言をできる立場ではありません」

そう言い出したのはジャックだ。俺ははて？　と首を傾げる。

「ジャックは女性に言い寄られているだろう？」

たしか、町の女性にたくさん声をかけられていたはずだ。しかしジャックはきっぱりと首を横に振った。

「あれは私を好きだから声をかけているわけではないのです。女性同士の盛り上がりの一環にされているだけで、いわば話の種にすぎません」

「話の種、か」

「はい。若いころそれを本気にして実際にデートに誘ったところ『そういうのじゃない』と引いた目で見られました。あれは閣下と一緒にいる私がおもしろくてからかっているだけで、男性として付き合いたいとか、本気で恋をしているとかそういうものではないのです」

「ジャックさん早口ー」

「ああ、あれは笑いましたね。周りの騎士に乗せられて、本気になったら、女性にまんまと振られて……」

ジャックの顔は憮然《ぶぜん》としているが、それをマチルダが笑っている。

「マチルダ笑うな。とにかく、それ以来、私は仕事一筋です。ですので、閣下よりはマシですが、恋愛について助言はできません。ちなみにそこで笑っているマチルダも同じようなものです」

ジャックから話を振られたマチルダは笑いを引っ込め、ヒクッと頬を引き攣《つ》らせた。

「……すみません、閣下。私も恋愛より仕事でして……。恋愛とかめんどくさくてですね、もはや嫌いです」

「……そうか」

嫌いなのか……。

「彼女のことを知るため、話のきっかけなどはないだろうか」

「うーん……異性を知るための……」

「話のきっかけ……」

ジャックとマチルダは困った顔でうーんうーんと真剣に悩んでいる。本気で出てこないらしい。

すると、コニーがぴょんと跳ねた髪を撫でながら、言葉をこぼした。

「閣下って、女性と会話できます？」

「……努力する」

以外に言いようがない。

　すると、コニーは俺の言葉に元気よく頷いた。

「うん！　それなら、まずは名前を呼ぶのがいいと思います！」

「名前、か」

「はい！　相手のことを知る前に、ちゃんと名前を呼んで、『あなたのこと見ているよ』っていうサインを送るんです！」

「「おお……」」

　ジャックとマチルダが感嘆し、尊敬のまなざしをコニーへと送った。

「お互いに名前を呼ぶ。そこから好きなものを聞いたり、楽しいことを聞いたり。今回はリル様が魔物の森に興味があると言ったのであれば、そのことを尋ねるのがいいと思います！」

「「おお……」」

　コニーの提案にジャックとマチルダは頭を抱えた。

「私より異性へのコミュニケーション能力が高い……」

「私はリル様と同性だから、異性にどうされたいか考えましたが、なにも思いつかなかった……」

「……二人の気持ちはわかる」

　そんな二人へ俺は深く頷いた。

「俺もいつもならこんなことを考えたりしない。怖がられたり嫌われたりするのは慣れている。俺が思ったことを聞いて、それで逃げられても気にしたことがなかった」

もう二度とその人物と会えなくても、その顔を見ることがなくても、それでよかったのだ。

「……だが、できれば。……彼女の瞳を、俺は見ていたい」

「「「そうですね！」」」

「彼女から見ると、俺が怖いこともあるかもしれない。だが、できるだけ穏やかに。……あんな風に涙を流すことが少なくなればいい、と」

「「「そうですね！」」」

彼女は食卓で涙を流していた。それは慟哭《どうこく》にも嗚咽《おえつ》にもならず、ただ静かに、その心の動きを受け入れるかのように。美しい涙だと思った。そして……悲しい涙だとも。

「……泣くのならば、もっとすべての心を乗せてほしい」

一人で静かに涙をこぼすのではなく……。慟哭や嗚咽になっていい。

――心にある思いを俺に吐き出していいから。

そんな俺の言葉に、三人は首を横に振った。

「いやいやいや、泣かせてはいけませんよ、閣下」

「そうですよ！　絶対に泣かせてはいけません」

「優しく紳士的にすれば大丈夫ですよねー！」

「コニーの案を採用しましょう！　お互いに名前を呼び合い、魔物の森のことを聞く。これです」

「怖がらせない！　泣かせない！」

「楽しく笑顔にですよー！」

三人にズイッと詰め寄られる。

俺は黙って頷いた。

「……努力する」

第三話 ✣ 真実の自分

結果として、私は午前中のうちに、辺境伯と一緒に魔物の棲む森へと出かけることになった。

騎士たちは驚いていたが、私が辺境伯の誘いに頷いたからだ。

……辺境伯はわかってくれたのだろう。

私が昨日、眠る前に伝えた言葉。そこにほんのわずかな真実があったこと。

魔物の棲む森と魔物に興味がある。

本で読んだことのある世界が、そこにあるのならば――

「怖くないか？」

馬に乗った辺境伯は、そう言って、そっと私を引っ張り上げた。

ぐっと手を握られ、腰を支えられたと思ったら、私はもう馬の上だ。

「視線が高いですが……怖いという感覚はないです」

私が収まったのは、辺境伯の前。

一頭の馬に二人で乗っている形だ。

馬に乗るのははじめてだが、こんなにも目線が高くなるとは思わなかった。怖くないのはきっと……。背中に優しい温度を感じるから。

マチルダにはとても心配されたし、コニーも不安そうな顔をしていたが、私は辺境伯のことを怖いとは思わない。

たしかにあまり表情は変わらないし、鮮やかな赤い髪と鋭い金色の眼というのは、一般的には恐れを抱いてもおかしくないのだろう。魔物を一太刀で倒してしまうような力強さも。

「では動くぞ」

辺境伯の合図で馬が前へと進む。

馬の一歩一歩は大きくて、乗り慣れていない私の体は前後に揺れた。

でも、その度に背中にいる辺境伯は私をさりげなく支えてくれて……。

……辺境伯のことを『冷酷である』と噂を流した人物は、まったく見る目がなかったのだろう。

社交マナーよりも、実利を取るところや、端的な言葉遣いなど、貴族の中にいれば浮くこともあるのかもしれない。けれど、それは魔物からこの地を守るために必要なものだ。そして、魔物からこの地を守ることは、ひいてはこの国を救うことにも繋がっている。

さらに辺境伯の地位は確固としており、国王からの信頼も篤いのだという。

ここまで考えて、だから、貴族たちは辺境伯の悪い噂を流したのかもしれないと思い当たった。

貴族たちとは違うルールで生きる辺境伯。その辺境伯が国王から覚えがいいということは、貴族たちのプライドを刺激するのだろう。

そして、実際よりも酷い噂を流されているのだとすれば……。

「閣下は……こんなにも優しいのに……」

ぽつりとこぼれた言葉は無意識だった。

小さな独り言は風に溶けて流れてしまうはずだったが、馬上で背中越しにいた辺境伯には聞こえてしまったらしい。

私の言葉に、ぴくりと体が動いたのがわかった。

「閣下……か」

「あ……ごめんなさい……」

どうやら、内容よりも呼び名のほうが気になったらしい。

騎士たちがそう呼んでいたから、使ってしまったが、私が使うには失礼だったのだろう。

慌てて謝罪をすれば、辺境伯はずれた私の体を直し、そっと呟いた。

「……名前を呼んでほしい」

「名前……ですか？」

辺境伯の名前……。たしかハイルド・ナイン辺境伯だと聞いている。

私は頷くと、すぐに言葉にした。

「ナイン辺境伯様」

「……そっちではなく」

「そっちではなく……？」

はて？　と首を傾げる。

すると、辺境伯は「ああ」と頷いた。

「ハイルド、と呼んでほしい」

まさかの提案に思わず「えっ」と声が漏れる。

どうしていいか、目を泳がせて、ちらりと背中の辺境伯の顔を見た。

そこにあるのは鮮やかな赤い髪と鋭い金色の眼。表情はとくに変化はない。けれど……。

私の背中にある大きな体。わたしの腰のあたりから前へと伸び、手綱を握る手。そこから緊張のようなものが伝わってきて……。

辺境伯にとって、「名前を呼んでほしい」というのが、とても勇気のいる提案だったのだろうと感じられた。

だから――

「……ハイルド、様」

辺境伯の緊張が移ったのか、名前を呼ぶだけなのに、胸がドキドキと高鳴る。

これで、良かったのだろうか……。

消え入りそうな声で呼んだあと、もう一度、辺境伯の顔を窺う。

すると……。

「ああ。これからはそう呼んでくれ」

私と目が合った辺境伯がうれしそうに笑う。

金色の眼はやわらかくて、そのまま溶けてしまいそうだ。

すると、私は胸が熱くなって――

「俺も名前を呼んでいいか？」

「は、い」

「――リル」

――体の芯がじんと痺れた。

慌てて前を向き、それを誤魔化すようにきょろきょろと目をさまよわせる。

すると、ちょっとしょんぼりしたような声が響いた。

「……怖かったか？」

「あ、いえ、……違います……。あまり、その……慣れていなくて」

「そうか」

私の変な答えにも、辺境伯――ハイルド様は受け取ってくれたらしい。ハイルド様はほっと息を吐くと、私の体のずれを直した。

そして、話を続ける。

「リルは、なぜ魔物の森に興味があるんだ？」

「あの……本で読んだのです」

「リルは勉強家なんだな」

「いえ……そんなことは……」

カポカポと鳴る馬の蹄《ひづめ》の音。ハイルド様の低く落ち着いた声。

午前中のやわらかい陽の光は斜めに私たちを照らしていた。

風が頬を撫でていって……。はじめての体験は私の心をほぐしていく。

「魔物は……午前中は活動していないと読みました」

「ああ、朝日が苦手なのだろう。午後から夜にかけて活発になり、深夜を過ぎるとまた落ち着く」

ハイルド様の話に小さく頷く。午後から夜にかけて活発になる魔物。私はそんな魔物のいる森に午後に入っていった。本当に危険だったのだ。

「……私が魔物に襲われたのは、昼過ぎでした」

「……ああ。助けられてよかった」

ハイルド様はそう言うと、私の体を抱きしめるように包んだ。

でも、きっとそれは気のせいで、鞍《くら》からずれてしまう私の体を直してくれたのだろう。

そこからは、無言で魔物の棲む森を目指した。

お互いに言葉はないが、そこに居心地の悪さや、雰囲気の悪さはない。

馬の背に揺られて、二人で進んでいくのは、心地よくて……。

「入るぞ」

馬でしばらく進んだあと、見えたのは深い森だった。

私が馭者とともに馬車で入った道を、今度はハイルド様とともにたどっていく。

魔物の棲む森はやはり鬱蒼としていた。ここを馬車で進んでいった馭者は、さぞ気味が悪かったことだろう。

でも、なぜだろう。私はあまりそう感じない。

馬車から出たときも、今、こうして進むときも。

……本で読んだ景色がここにある。

そう思うと、わくわくしている自分がいるのだ。

「リルは……怖くないんだな」

興味深くあたりを見回していると、ハイルド様がそっと声をかけてくる。

なので、それに「はい」と頷いた。

「……わくわくしています」

「そうか」

魔物に襲われた現場に戻っていくことにわくわくするなんて……。

きっと、おかしいと思われるだろう。

でも、ハイルド様はそっと呟いた。

「……リルが楽しそうで、良かった」

楽しい……のだろうか。本で読んだ知識と実物を照らし合わせること。……それは、たしかに、楽しいのかもしれない。

……伯爵家にいたときは気づかなかった。

私は本を読むのが好きだった。知識が増えることも、違う世界を覗くことも。

そして、さらに、本で得たものを現実でも活かすことができるなら……。きっと、それが楽しかったのだ。

――妹の身代わりとなり、死ぬために訪れた魔物の棲む森。

それは私の『楽しい』を見つけてくれて……。

「リル、着いたぞ」

どうやら目的地は私が襲われた場所だったらしい。

私が休憩しようと体を預けた木がある。そして、ぼこぼこと不自然に割れている地面が、木の根のあとだとわかった。

ハイルド様は馬から降りると、私へと手を伸ばす。そして、私を抱きしめるようにして、地面へと降ろしてくれた。

「大丈夫か？　馬がはじめてだと足が疲れただろう」

ハイルド様に言われて、たしかに私の足に疲労が溜まっているのがわかる。

ハイルド様はそんな私を支え、「ほら」と地面を指差した。

そこには私を襲った木に擬態した魔物がいたはずだが……。

「……塵《ちり》？」

「ああ。魔物は斃されると塵へと変わる。これを見ると、魔物は俺たちとは別のものなのだと感じる」

「……近づいてもいいですか？」

「ああ」

ハイルド様と二人、地面に積もる塵へと近づく。

ハイルド様が切り払った木の根も、太い幹もなく、あるのは紫色に光る塵。……これが魔物の最期。

「これは魔塵《まじん》と呼んでいる。水にも溶けず、草木も生えない。とくに利用価値はないが、積もると森が枯れてしまう」

「……はい」

魔物は……。普通の生き物とは違うのだろう。

普通の生き物であれば、死んだあとその身が腐り、土へと還る。それが栄養になり、次の命へ繋がる。

でも……魔物はこのまま塵として積もるだけ。役に立たない邪魔者だ。

まるで――私のよう。

「すぐに燃えるから問題ない」

そう言うと、ハイルド様は馬へと近づき、鞍に括り付けてあった革袋から石を二つ取り出した。

きっと火打石だろう。

ハイルド様は塵の前へと屈むと、その火打石を叩き合わせる。飛び散った火花で簡単に火が点き、紫色に光る塵はボッと音を立てて燃えていく。

「低温でそのまま燃える。周りの生木を焼くほどの温度には達しないから処理は楽だな」

紫色の塵から、黄色い炎が立ち上がる。どうやら煙も少ないようで、ただ塵だけが燃えて消えていった。

なにも……残さない。

この世界になにも残さず、消えていく。

私はその炎を見つめて、ふと呟いていた。

「……マッチにでも、なればいいのに」

「マッチ？」

小さな呟きだったが、ハイルド様には聞こえていたらしい。

ハイルド様は立ち上がり、私を見つめる。

「それは摩擦で火が点くものだな？」

「あの……、はい……。摩擦で簡単に火が点くと普及しつつあります」

「ああ。だが、あれは発火点が低すぎる。持ち歩くだけで発火する危険があるはずだ」

「はい……火事も起きている、と……」

「有毒ガスも発生すると聞いた」

ハイルド様はマッチに詳しいようだ。そんな人の前で思いつきで不勉強なことを発言した自分が恥ずかしい。

しどろもどろに答えると、ハイルド様はふむ、と考え込んだ。

「いくら便利といっても、火事が起き、有毒ガスが出るものなど、この土地には不要と無視していたが……。たしかに魔塵を原材料にすれば……」

ハイルド様は私の言葉を真剣に考えているらしい。

ただ私は……。利用価値のない魔塵に自分を重ねただけなのだ。

せめて、なにか役に立つものになれれば、と。

でも、ハイルド様はそんな私の荒唐無稽な発言を拾い上げてくれて……。

「リルは素晴らしいな」

そう言って、私をぐっと抱き上げた。

私の腰のあたりを持ち、抱き上げたハイルド様はその場でぐるりと一回転した。

ハイルド様より高くなった私の視線。そのまま世界が廻る。

驚いて目を瞠《みは》れば、ハイルド様は、なにかにはっと気づいたようで、ぴたりと体を止めると、
慎重に私を地面に下ろした。

「……怖かったな」

「いえ……あの、……驚きました」

私を地面に下ろしたハイルド様が一歩下がり、しょんぼりと私に声をかける。

怖かった……わけではない。ただ……びっくりした。

こんな風に……まっすぐに気持ちを伝えられたことがなかったから。

こんな風に……私の提案を褒めてくれる人はいなかったから。

ハイルド様は「そうか」と呟くと、「時間をくれ」と言って、まだ残っていた魔塵へと歩み寄

った。

　そして、腰のあたりについていた革袋に、魔塵を一掴みほど入れる。

「持ち帰って、ジャックに言おう。うまくいけばいい」

「……そう、ですね」

　ハイルド様は、私の言葉を聞き、うまくいくかどうかを試してみるようだ。

「素晴らしいな」と言ったのは嘘ではない。私を持ち上げてぐるりと回ったのも、パフォーマンスというわけではなく、本当にそうしたかったのだろうと伝わって……。

「うまくいき利益が出るようになれば、リルにも配当が行く」

「えっ……」

　突然のハイルド様の言葉に目が白黒する。

　利益の……配当？

「魔塵がマッチに適しているならば、それはリルの発案だ」

「あ、……いえ、でも、私のはただの思いつきで……。うまくいったとしても、それはハイルド様の手配によるものです。ですので、私に利益の配当なんて……」

「俺だけでは考えられなかった。リルの功績だ」

「そんな……」

　当然のこと、とハイルド様は言い切った。

　でも、私にはそれがわからなくて……。

「……私はハイルド様に輿入れしました。ですから、もし発案者が利益をもらえるとしても、それはハイルド様ののものはずです」

「……なぜだ？」

「えっと……私はハイルド様に輿入れした身です。ですので……私の功績は……その、……ハイルド様のものになるのでは……ないでしょうか……」

しどろもどろに答えたのは、ハイルド様があまりにも不思議そうに疑問を呈したから。

これまでの私の常識、考えが、ハイルド様の態度によって、ぐらぐらと揺れる。

でも……。

——私は、そう言われてきた。

お前はエバーランド伯爵家の娘なんだから、お前が家族のために尽くすのは当たり前だと。だから、当たり前のことに配分など発生しない。お前が働いて得たものはエバーランド伯爵家に渡すのが当然なのだ、と……。

だとするならば。

『リル・エバーランド』はナイン辺境伯家へと輿入れした。

だから、私のものはナイン辺境伯家のものになり、私に配分などあるはずがないのだ。

手をぎゅうと握りしめ、俯きながら答える。

そう……だから、この手にはなにも残らない……。

すると、ハイルド様が私へと近づき、手を取った。

ハイルド様の手は大きくて、私の手が簡単に収まってしまう。

「リル」

低く落ち着いた声。

つられるように顔を上げれば、そこには真摯な金色の眼があった。

「俺とリルは別人だ。リルの功績は俺のものではない。もちろんナイン辺境伯家のものでもない」

「……っ」

「俺はリルの功績を奪わない。リルは自分の能力の分、配分をもらう権利がある」

まっすぐな言葉。温かい手。

それに触れた瞬間、心が悲鳴を上げたのがわかった。

――そんなわけはない、と。

私のものは……なくていいはずなのに。家族のために尽くすのは当然のはずなのに。

ハイルド様はそれを違うのだ、と言う。

まっすぐな言葉は嘘をつかない。温かい手は私をぶったりはしない。出会ってすこししか経っていないが、そのことは頭も心も理解していた。

だとするならば……ハイルド様の言うことは正しいのかもしれない。

そう思ったとき、また心が悲鳴を上げた。

――いやだ。そんなのは認めたくない、と。

だって……。それを認めてしまえば……。

それならば、私のこれまでは……。私はなんの配分もなく、エバーランド伯爵家で働き、父の名義で仕事をしてきたのだ。……それが当たり前だと信じたから。家族なのだから、私にはなにも残らなくてもいいのだ、と…。なのに……すべて、私は……。

「リルはエバーランド伯爵家で、どんなことをしていた？」

「……最初は……字が書けるなら、手伝え、と」

ハイルド様の低く落ち着いた声に促され、自分のしてきたことを思い返す。

まずは父に言われるがままに、書類をまとめる作業をした。転記の作業も多く、ペンを持つ手に痛みが走る日も多かったが、言われた量を終えるまで、私は休むことを許されなかった。

「次は……計算ができるなら……これをやれ、と経理をするようになりました」

父が部下に頼むべき仕事。あるいは家のことを取り仕切る母がやらなければならないこと。気づけば、私がそれを担うようになっていた。

「今は……それらをしながら、父が新しく始めた商売の手伝いを……しています」

「……今日みたいに、リルの発案から商品にしたものはあるのか？」

「……はい」

ハイルド様は「そうか」と呟いた。

そして、それ以上はなにも言わない。ただ……包まれた手が温かくて……。

「ハイルド様……私は……っ」

『間違っていない』と、『私が普通であなたがおかしいのだ』と、そう叫びたい。そう言って、自分が正しいのだ、と。

悲鳴を上げた心は必死で、自分を守ろうとする。

痛みから逃れようと、言い訳を作り、ハイルド様の言葉を否定する材料を探す。

でも……。

「リル」

ハイルド様の落ち着いた低い声と温かな手。

心を守るために、否定したいのに。自分は正しいと叫びたいのに。その声と手はそれを許してくれない。そうして、残ったのは……。

──家族という名のもとに、搾取されていた自分。

愛されるために努力をしているつもりだった。父や母の言うことを聞き、努力を続ければ愛される、と。夢見ていた私は……。ただ……。

「リル。……俺はあなたが聡《さと》い女性だと感じる」

……だから、わかるはずだ、と。ハイルド様はそう言っている。

そう。ハイルド様の言う通りだ。……私はわかってしまった。

答えを見つけてしまった心は、そのことに怯え、体が震え始める。

ここは魔物の棲む森。

死ぬためにやってきた場所。

見つけた答えは、魔物に対したときと比べ物にならない恐怖を生んだ。

私の手を取るのは鮮やかな赤い髪に金色の鋭い眼をした男性。

私を魔物から助けてくれた人は――


――怖い。

私の心を壊そうとする。


思わず一歩引けば、手が離された。

それが……悲しいと思った。

怖いのに……。自分から離れたのに、温かい感触がなくなり、手が震えた。

すると――

「……抱きしめるぞ」

――ハイルド様は引かなかった。

むしろ、私が離れた一歩よりも大きな一歩で私へ近づいた。

そして、そのまま、力強い腕と広い胸に抱き留められて――

「ハ、イルド様」

「リル」

落ち着いた低い声。震える私の体全体に伝わる優しい温度。

ぎゅうと包み込まれるように抱きしめられて……私の心は……。

「ハイルド……様」

「リル」

「ハイ、ルド……さま……っ」

……溶けていく。すべて。

悲鳴を上げる心も、正義を叫びたい心も、反抗する心も、否定する心も。

自分を守るために必死に立てたトゲ。ハイルド様はそのトゲを物ともせずに私の心を包み込む。

そして、すべて溶かされて……。

「私の……私の愛は……っ」

愛されたいと願った。家族に大事にされたい。家族に笑いかけてもらいたい。あの……食卓の団らんに私の居場所が欲しかった。幼いころの私の思いは――

「っ……叶わな、い……」

――満たされることはない。

どんなに努力をしても。

どんなに身を尽くしても。

父の代わりにやり続けた仕事。母の代わりに女主人の役割もこなした。妹が言えば、どんなことも言うことを聞いた。

そして……こんな場所まで一人で来たのだ。

妹の身代わりになって嫁ぐことにも反抗しなかった。
『お前が代わりに死ね』と言われても、それを粛々と受け入れた。
そうすれば……。
「私は……愛される、と……」
いつか、きっと。
今ではなくても。
私の努力によって、叶う愛があるはずだった。
でも……、でも……。でも……！
「ない……っ、そんなものは……」
悲しい。
……悲しい。悲しい。
魔物の棲む森に一緒に入った馭者。私は馭者に『待ち人が来るから大丈夫』と伝えた。
もちろん、それは嘘。
待ち人なんていなかったし、私は魔物に殺されるだけの運命だった。
でも……私の心には待ち人がいたのだ。
――私の待ち人は家族だった。
『お前がいないと仕事が回らん、帰ってこい』
『あなたがいないと、困るの』

『お姉さまがいないと張り合いがないわ』

そう言って、家族は私を連れ戻す。

そこで私は『必要とされていた』と感じ、足早に帰るのだ。

……これが私の望みだった。

そして——

「無駄……でした……」

——全部きっと、なにもかも。

ハイルド様に話すことで、自分の状況を客観的に捉えることができた。

なんの報酬を与えなくても、便利に使える人間。

私はただそれだけの人間だった。家族にとって都合がいいだけ。そして、私は都合がよくなるよう努力を続けた。

都合がいい人間は便利だ。だからそこにいる間は便利に使うだろう。だが……それだけだ。都合が悪くなればいらない。そして、私は……いらなくなったのだ。

……最初から叶うはずのない愛を夢見て。命まで捧げた。

なにもない私を愛する人間などいるはずがないのに。

愛を夢見るだけの私が、なにかを手に入れることができるはずがないのに。

気づけば、目からは大量の涙があふれていた。

いつからかはわからない。ただ、流れ出した涙は止まらず、子どもみたいに声を上げて泣いてしまう。
そして、それはハイルド様の胸に染みていって……。
「無駄ではない」
ハイルド様ははっきりとそう言った。
「リルの努力は、決して無駄ではない」
落ち着いた低い声は私の胸に響く。
でも……。
――叶わない愛に身を捧げた私は無駄ではないのだろうか。
――叶わない愛は必要なのだろうか。
涙が止まらない。あとからあとから出てきては、ハイルド様の胸を濡らしていく。
ひっくひっくとしゃくりを上げて泣く私を、ハイルド様はずっと抱きしめてくれた。
悲しいと泣く私。
願いが叶わないなんて酷いと泣く私。
努力が無駄だったと嘆く私。
涙と一緒にこぼれ落ちていくそれを、ハイルド様はすべて受け止めてくれた。
そして……どれぐらい時間が経っただろう。
ようやく私が落ち着くと、ハイルド様はそっと呟いた。

「リル。一緒に行きたい場所がある」

そうして、魔物の棲む森から出て、向かったのは緩やかな斜面の丘だった。

青紫色のコインサイズの花がたくさん咲いている。

丘のすべてを花が覆っていて、空と丘の境目まですべてがブルーに染まっていた。

「……きれい」

その景色にほぅとため息を漏らす。

たくさん泣いたあとに見た景色はきらきらと輝いて見えて――

「リル。愛は消えてしまうと思うか？」

ハイルド様はそう言って、花を一つ摘んだ。それを私へと渡す。

私はじっとハイルド様の顔を見上げて……そして、そっと目を逸らす。

愛は……きっと……。

「……返してもらえなかった愛は消えると思います」

そう。この花のように。

「ハイルド様は……今、私に花を渡してくれました。……だから、私は花を持っています。そして……ハイルド様の手から、花は消えました」

ハイルド様の花。それを私が受け取った。

もし、このままにしておけば……ハイルド様は花をなくしてしまったことになる。

俯いて答えれば、心に痛みが走った。

返してもらえない愛は消えるのだ。そして、愛を捧げた人間から愛はなくなる。そして――

――なにも持たない人間になる。

愛を与えることも、与えられることもない。この手になにも持たない、私のように……。

「リル」

低く落ち着いた声で呼ばれて、そっと顔を上げる。

そこにあったのは――

「愛は消えない」

――やわらかく私を見る金色の瞳。

「愛はな……増えていく」

そう言って、ハイルド様はそっと手を開いた。

そこにあったのは……かわいらしいブルーの花。私にたしかに渡したはずなのに……。

「俺はリルに花を渡した。だが、俺から花は消えない」

「……は、い」

こんなのは……手品みたいなものだろう。

ハイルド様は花を一つ摘んだように見えて、実は二つ摘んでいた。そのうちの一つを私に渡してくれただけ。だから、私が愛を返さなければ、二つから一つに愛は減っているはずなのだ。

「この丘に咲く花は一年草だ。時期が過ぎればすべて枯れる。だが、次の季節には必ずまた咲く」

「……はい」

「愛は消えない。愛はまた生まれるからだ」

そう……なのだろうか。また……生まれるのだろうか。

私は家族に愛を捧げ、愛されることを願った。

だが、家族は私に愛を返すことはない。これまでも……これからも……。

だから、私はなにもないのだ。なにも手にできない、家族に愛されない姉。

「愛は受け取ってもらえる保証はない。同じだけの愛が返ってくる保証もない」

「っ……はい」

悲しい……酷い世界だと思う。

努力すれば報われたいし、愛を捧げれば返してほしい。でも、それはただの願望で、真実ではない。

……努力は報われず、愛は返ってこない。

ハイルド様はそれを否定しない。でも、それでも……『愛は消えない』と。

「リルの持っている花をだれかに渡す。すると、リルの手からは愛が消えるのか？」

「……私は、そう思っていました」

私にとって、愛は一定量なのだ。

生まれたときから持っている花。それを渡す相手がいる。それを受け取った相手は持っている花が増える。

……たくさん愛された妹はたくさんの花を持っている。

だから、人に渡すことができるし、だからこそ人から愛されるのだろう、と。

そして、花を失くしてしまった私は、だれからも愛されない。

「リルが俺に花を返す必要はない。俺はリルに花を渡した。それは俺の意思だ」

「は、い……」

「俺は……愛は広がると思う」

「……は、い」

ハイルド様は、愛は増えると言った。それはつまり、愛は人に渡せば渡すほど増えるものなのだろう。

ハイルド様は……強い人だ。

今、こうして、出会ったばかりの私にも愛を渡してくれている。

「……だれかに渡した愛を、その人がまた次へ繋ぐ。愛は生まれ続けるからだ」

「はい……」

「きれいごとだが」と、ハイルド様は小さく付け足した。

……きれいごと、なのかもしれない。

けれど……私は……。

「素敵な……考えですね……」

――私の願っていた世界は来なかった。

代わりにあったのは『願いは叶わない』という厳しい現実。

でも、悲しみと痛みの中で見た世界は……その景色は……。

――鮮やかな赤い髪に鋭い金色の眼。

――ブルーの花に覆われた丘。

ああ、なんて……。

なんて、きれいな色だろう。

「……ここに来れて、よかったです」

――私の胸に、たしかに小さな花が咲いたのを感じて……。


そうして、丘から帰ったハイルド様と私は、屋敷で昼食を摂ることにした。

マチルダやコニー、ジャックはそれぞれの仕事をしていて、昼食は一緒に摂るわけではないらしい。

「昼食まで顔を合わせていると休めないだろう」と、ハイルド様は端的に言った。

昼食の時間が被るときもあるが、基本的にはどこで食べてもいいらしい。

持ち運びができるように作ってくれれ、外出先で食べることも可能なようだ。

ハイルド様は昼食をバスケットへ入れると、庭で食べようと私を誘ってくれた。

今日のメニューはローストビーフのサンドイッチとポテトサラダ。サンドイッチは私の顔ぐらいの大きさがあって、一人では食べきれそうにない。

ナイフでカットしてもらい、半分はハイルド様に食べてもらった。

そして、仕事を終えたマチルダが屋敷へ帰ってきたのだが――

「な、あ、……！　リル様、どうしたのですか……‼」

私の顔を見るなり、真っ青になったマチルダはそう叫んだ。

そして、隣に立っていたハイルド様をキッと睨む。

「閣下……！　やりましたね……！　泣かせましたね……‼」

「……ああ」

「な、なぁにが、『ああ』ですか！　リル様の笑顔を引き出してほしいとあんなにもお願いしたのに……っ、泣かせて帰ってくるなんて……！　判断ミス……私はまたしても判断ミスをしてしまいました……」

マチルダは勢いよくハイルド様に詰め寄ると、私の手をそっと取った。

「申し訳ありません。目が……こんなに腫れて……」

痛ましいものを触るように、マチルダが私の目元へと手を伸ばす。

マチルダの手でそっと撫でられると、たしかにそこがじくじくとしていることに気づいた。

ハイルド様が抱きしめていたから、目を擦ることはなかったが、腫れてしまったのだろう。

マチルダに一目で気づかれるぐらいだから、酷い顔をしているのかもしれない。

「マチルダ、これはハイルド様のせいではありません。……私にとって必要なもので、ハイルド様はそれを受け止めてくれただけなのです」

そう。必要な涙だった。

愛を求め、それが手に入らないと嘆き、命まで捧げてしまう私には、現実を見ることが必要だったのだ。

私一人では見つめられなかっただろう。……悲しみと痛みをもたらすものだったから。その悲しみと痛みを受け入れることができなかったから。

妹の身代わりに嫁ぎ、ハイルド様に命を救ってもらっても、なお妹だと嘘をついている私。そんな私には大切なことだった。

「は、『ハイルド様』……と……。リル様が閣下の名前を……っ」

ハイルド様が責められるのは違う、と言葉を発すれば、マチルダは内容よりも、私の呼び方が気になったらしい。

衝撃を受けたように、固まった。

「やはり、名前を呼ぶのは失礼ですね……」

「いえっ、まったく！　ぜひ呼び続けていただければ！　すこし驚いただけですので。……そう、そうですか！　そうですか、これは早計でした。なるほど！」

マチルダは一人で「うん、うん」と頷くと榛色の瞳を輝かせた。

そして、ハイルド様に向かって、親指を立てた拳を見せている。

よくわからないが、マチルダがハイルド様を責めることはやめたので、私の意図は伝わったのだろう。

そして、私には一つ、お願いしたいことがあって……。

「ハイルド様、マチルダ。お願いしたいことがあります。髪を洗いたいのです」

「もちろん構わない」

ハイルド様は私の願いにすぐに頷いた。

そして、マチルダへと視線を落とす。

「マチルダ。湯殿を」

「はい！　すぐに用意します」

「ああ、頼む」

「急に言い出して、ごめんなさい」

「いえいえ！　私こそ気づかずに申し訳ありません。長旅をしてきたのです。当然のことでした」

そうして、マチルダは湯の準備に行き、私は部屋へと戻った。

ハイルド様は私を部屋まで送り届けると、魔塵を持って、ジャックのところへと行った。

午後から仕事はしないと言っていたが、魔塵のことは早く進めたいようだ。

マチルダも午後はゆっくりしたかっただろうに、湯の準備をさせてしまい申し訳ない。自分でできればよかったのだが……。

部屋で一人、待っていてもしかたがない。

マチルダを手伝いに行こうと部屋を出ようとすると、ちょうどマチルダが入ってきて――

「リル様、準備ができました」

「……すごく、早いのですね」

もっと時間がかかると思っていたので、驚いて目を瞠る。

マチルダはふふっと笑うと、「こちらです」と私をエスコートした。

「実はここではいつでも湯の準備ができているんです」

「いつでも？」

「はい。リル様は温泉をご存じですか？」

「あ……本で読んだことがあります」

地面の下に流れる地下水。

それが火山の熱で温められ、地表に出てくる場所がある。その水は常に温かいのだ、と。

「ここ辺境伯領は東に火山を有していまして、その地熱が伝わっているそうです。温泉が各地で湧いていて、この屋敷にも源泉が一つ通っています」

マチルダの説明に「ほぅ」と頷く。

いつでも入れる湯がある。それはなんて贅沢なことだろう。

そうこうしているうちに、脱衣室へと着く。

女性二人が入っても十分すぎる広さで、棚には物入などが置いてあった。

「リル様、そちらに湯衣がありますので、着替えていただいてもいいですか？」

「はい」

マチルダに手伝ってもらいながら、湯衣へと着替える。

マチルダはジャケットを脱ぎ、シャツとズボンをたくし上げた。

そして、扉を開けるとそこは――

「すごい……」

思っていたよりも、もっともっと豪華できれいな浴室だった。

広さは……私室二つ分ぐらいある気がする。

床は黒いざらりとしたタイル。壁は白いタイルが張られていて、そのコントラストも美しい。

浴槽も広く、一度に十人ぐらいは入れるのではないだろうか。

洗い場も清潔で、不思議なことに石でできたベッドのようなものもあった。

「リル様こちらへ」

あまりの豪華さにぽーっとしていると、マチルダは石でできたベッドのようなものへと私をエスコートした。

「リル様、ここに乗って、仰向けに寝転がってくれますか？　頭はこちらです」

「は、い……」

石でできたベッドのようなものは高さがあり、ちょうど私の腰ぐらいだろう。

踏み石を使ってそこに上り、マチルダの言うように横になる。

どういう用途に使うものか、自分がどうなるのかわからず、すこし怖い。

けれど、マチルダのことを信じているから……。

「あ……これは……あたたかい？」

「はい。この石は温泉の蒸気で温められていて、温かい。岩盤浴と呼ばれるものです」

石に触れている部分がじんわりと温かい。嫌な熱さやぬるさもなく、ちょうどよく体を温めていく。

目を閉じれば、そのまま眠ってしまいそうで……。

「リル様にももっと早く体験していただければよかったのに……。リル様に言われる前に気づくべきでした」

「……きっと、先に言われていたら、断っていたかもしれません」

「……断って？」

「はい」

「……なぜかをお聞きしてもいいですか？」

マチルダに聞かれて、私はこくりと頷いた。

私が入浴を断っていた理由。それは――

「私は……髪を染めています」

「……この色を、ですか？」

マチルダが私の髪へと手を伸ばす。

マチルダが手にした髪。色は……砂色。くすんで渇いた土の色だ。

「色粉を使っていました。水に弱く、流れてしまいます。マチルダの手にもついてしまったかもしれません」

マチルダをちらりと見ると、マチルダは自分の手をまじまじと見ていた。

きっと、私が言ったように手に色がついてしまったのだろう。

この色粉はすぐに流れてしまうから問題ないと思う。

「リル様、どうぞそのまま」

「……マチルダ？」

マチルダはそう言うと、私から離れて手桶にお湯を汲んだ。

手を洗うのかと思ったが、そうではないようで……。

「ここに窪みがあるのがわかりますか？　ここに首の付け根を乗せていただき……。はい、そこです」

マチルダは私の体の位置を調整すると、そっと私の額へと手を伸ばした。

そして――

「あ、マチルダ、私は自分で……っ」

「どうか、そのままで。動くと色粉がリル様の体へと流れるかもしれません」

――ゆっくりと髪へとお湯をかけた。

まさか、マチルダが髪を洗ってくれるなんて思わず、目が白黒する。

慌てて上体を起こそうとして……。でも、体を起こしてしまうと、頭側にいるマチルダにお湯がかかるかもしれないと気づいた。

色粉のついたお湯が衣類へとかかれば、その衣類は使えなくなってしまうかもしれない。

動けなくなった私。

マチルダは気にせず、また汲んだお湯を髪へとかけていき……。

「今、リル様が位置の調節してくれましたので、ここであれば私にお湯はかからず、リル様のほうにも流れていきません。この窪みと傾斜はそのために作られたものなので、気にせず、そのままの体勢でお待ちください」

「でも……マチルダっ……」

マチルダは騎士だ。ハイルド様が言っていたように、こんなのは本来の役割ではない。

マチルダが一緒に浴室へ入ってくれたのは、浴室の説明や、器具の使用方法、入浴の際の決まりなどを説明してくれるためだと思っていた。

こんな風に髪を洗ってもらうつもりはなくて……。

「リル様、お任せください。私には三人の弟がおり、たくさん髪を洗ったものです」

「……弟が」

「はい。久しぶりに髪を洗いたい気分なのです。私の手技をお見せしましょう」

マチルダはそう言うと、また髪にお湯をかける。

私の額に当てられた手は、どうやらお湯が顔にかからないようにしてくれていたようだ。お湯が顔のほうに流れてくることはない。

マチルダの言うように、その手には迷いがなかった。髪を洗うことに慣れているのだろう。

頭を優しく洗ってくれる手に、私は結局、身を任せてしまって……。

石から伝わるじんわりとした温もり。マチルダが優しく労わるようにかけてくれるお湯。

色粉のついたお湯は汚れ、触るのは嫌だろうに、マチルダはずっと笑顔だった。

そうして、マチルダにしっかりと洗ってもらい、浴槽にも入った。

大きなお風呂に最初は落ち着かなかったが、温泉というのは普通のお湯とは違うのか、体の芯から温められたようだ。

「これがリル様本来の色……」

客間へと戻り、姿見の前へと座る。

そこにいたのは――

「美しい銀色の髪……。瞬く度に光る青い瞳は角度によっては紫にも見える……」

マチルダは「ほぅ」と息を吐いた。

「これが……」

そして、恍惚と呟く。

「――エバーランド伯爵家の『宝石姫』」

マチルダの言葉に、私の胸がぐっと痛んだ。

『エバーランド伯爵家の宝石姫』。それは、妹のメリル・エバーランドのことだからだ。

金色の豊かな髪にきらきらと輝く碧色の瞳。メリルの美しさは社交界で評判であり、また、父や母もそれを自慢して言い回っていた。

父母と妹が華やかな社交に出かけている間、私は家に残る。

父は私に仕事を命じ、母は私のことを恥ずかしいから連れていけないと言った。二人はいつも私を見ると眉を顰めた。そして、妹は――

『お姉さまの髪の色、どうしてそんな色なの？　私の隣に立たないでね』

そう言ったのだ。

だから私は髪色を変えることにしたのだ。妹が私の髪を見て嫌な顔をするのならば、この髪色を変えればいい、と……。もしかしたら両親も私の髪色を気にしていたのかもしれない、と。

色粉で砂色にしてから、妹は髪のことは言わなくなった。

それ以来、ずっとそのままにしていたが……。

――もうやめよう、と。

丘から帰ってきて、自然に思えた。

そして……。

「『宝石姫』について知っていたのですね」

ハイルド様は社交パーティーなどにはほとんど顔を出さないことで有名だった。

そもそも領地が遠いこともあり、エバーランド伯爵家との交流はなく、ハイルド様の酷い噂を父母と妹は信じ切っていた。

だから、ハイルド様も『宝石姫』のことは知らないんだろうと思っていたが……。

マチルダに尋ねると、「はい」と頷く。

「勅書にそう記載されていたのです。『エバーランド伯爵家の宝石姫を送る』と。……閣下と国王陛下は気心が知れた仲でして、きっと閣下がこの年まで独り身であることを心配し、そういう気遣いをされたのかもしれません」

「……そうですか。勅書には『宝石姫』と」

エバーランド伯爵家に届いた書面と比べると、なんとも気安い。勅書というよりは私書のようだ。

マチルダが言うように、ハイルド様と国王はそれだけ仲がいいのだろう。

今回、妹に白羽の矢が立ったのも、『宝石姫』の噂を聞いたり、妹が国王に拝謁したりした際、ハイルド様に相応しいと選んだからだろう。

「それにしても、リル様、どうして髪色を変えていたのですか？」

マチルダのもっともな疑問。

胸がじくじくと痛む。

魔物の棲む森で感じた、悲しみと痛み。それはすぐに消えていくわけではなく、今も同じように胸を締め付けた。

……もしかしたら、ずっと残り続けるのかもしれない。

幼いころの私は今も胸の中にずっといる。叶わなかった愛に悲しみ、痛みを訴えている。

「銀色の髪のままでは、叶わない夢がありました。だから、私は……その願いを叶えたくて……。ずっと諦められなくて……。この髪色のまま、ここに来てしまいました」

伯爵家を出るのだから、妹の希望を聞いて砂色の髪のままいる必要はないのに……。両親の目を気にする必要はないのに。

それでも、私は旅の最中に色粉を落とすことはなかった。自分自身ではわかっていなかったけれど、まだ諦めきれなかったからだろう。

姿見に映っているのは銀色の髪に青い目をした私。悲しみと痛みで瞳はゆらゆらと揺れていたが、思っていたよりは酷い顔をしていない。

悲しみも痛みも抱えて……。それでも――

「……それを、手放そうと思いました」

――家族に、さよならを。

「マチルダ、髪を洗ってくれてありがとうございました」

そう告げると、マチルダは眉をきゅっと寄せた。

マチルダがなにか言おうと口を開く、その瞬間、扉をコンコンとノックされた。

「リル、いるか？」

低く落ち着いた声はハイルド様だ。

マチルダの視線が私と扉を行き来する。きっと私になにか言葉を返そうとしていたのに伝えられなかったことや、今、ハイルド様を部屋に入れてもいいのか逡巡しているのだろう。

大丈夫、と気持ちを伝えるために頷けば、マチルダは扉へと向かった。

そして、ハイルド様が入ってきて――

「休息中にすまない。魔塵のことで、話をしたい」

「はい」

頷けば、ハイルド様は私を姿見の前から、ソファへとエスコートしてくれた。一人掛けのソファにそれぞれ座れば、さっそくハイルド様が魔塵の話を始める。

「マッチについてジャックと調べたが、魔塵を膠《にかわ》で軸木に接着するとできそうだ。明日、材木加工所へ行くことにした」

「材木加工所へ……」

「ああ、軸木に必要な加工を頼もうと思う」

……ハイルド様はすごい方だと思う。

私の言葉を聞き、すぐにそれが実行可能かどうか判断し、筆頭騎士であるジャックへと相談する。そして、どうすれば実行できるか具体策を考える。

そして、明日にはもうその具体策の実現へ移るのだ。

これが……領主の手腕というものなのだろう。

伯爵家の当主であり、領主である父は……そういうのがすこしずつ遅かった。

大雨で災害が起こったとき、領内の村で火災が大規模になってしまったとき。私はすこしでも早い事務処理をし、救済を行うため、何度も父へと願い、その度に邪険にされていたが……。

「リルも明日、一緒に行ってくれないか？」

「私が……？」

ハイルド様の誘いに、驚いて目を瞠る。

するとハイルド様は「ああ」と頷いた。

「魔塵をマッチに使うのを発案したのはリルだ。リルは現物のマッチを見たことはあるか？」

「はい……、伯爵家で……」

実は、どこからか父がマッチを手に入れて、それを領内に広めようと言い出していたのだ。安全面に注意が必要なため、やめたほうがいいのではないかと伝えはしたが、当然のように私の意見は一蹴された。

でも、ハイルド様はマッチの危険性をわかったからこそ、普及を見送っていた。

その上で今、安全なマッチを作ろうとしている。私の……ただの思いつきをもとに。

そして――

「リルがいると心強い」

「は、い……」

「一緒に来てほしい」

――私の力を信じてくれる。

それが……うれしくて。

父母や妹は家の中での仕事を私にさせてはいたが、決して外へ連れ出すことはなかった。

私は伯爵家にとって恥ずかしい人間で、私が出ることは迷惑になるのだから、それが普通だと思い込んでいたのだ。

ハイルド様はそんな私の考えをあっという間に壊していく。私がいると心強い、と。一緒に来てほしい、と……。

――胸が震える。

私も知らなかった私がそこにいる。

自分には力がある、と。力を試してみたい、と前を向く私が……。

「ハイルド様……。私も行きます。――行きたい、です」

「ああ、一緒に行こう」

私の答えを聞いて、ハイルド様は金色の眼を優しくやわらげた。

すると、私たちのやりとりを聞いていたマチルダがそっと頭を押さえて……。

「閣下……。なぜ……。今日は魔物の森。明日は材木所……。なぜお二人で出かける場所はそういうところに……。もっと、この地には素敵な場所があるのに……」

そして、キッと顔を上げると、ハイルド様に詰め寄った。

「それにしても閣下……！」

「……どうした、マチルダ？」

「リル様を見て、なにかおっしゃることはないんですか⁉」

「リルを見て……」

じれたようなマチルダの叫びに、ハイルド様は驚いたようだった。

ハイルド様は部屋に入ったときから、私を見ていたはずだ。だが、マチルダに言われ、正面のソファに座っていたハイルド様はじっと私を見つめる。

そして、しばらく私を見つめたあと、合点がいったように頷いた。

「髪色を変えたんだな」

「……はい」

……たったそれだけ。

私の髪が砂色から銀色に変わっても、ハイルド様は本当にそれしか感じていないようで……。

「閣下ぁ……‼　もっと！　もっと言うべきことがあるのでは……⁉」

マチルダがうううっと頭を抱える。ハイルド様の言葉に不満があるのだろう。

でも……私は……。

「……髪色を、変えました」

ハイルド様の言葉が妙に腑に落ちて……。

そう。髪色が変わっただけ。

両親も、妹も……私も。なぜたったそれだけのことに、こんなに必死になっていたんだろう。

髪の色を変えたって、私のなにかが変わるわけではないのに。

ハイルド様が私の髪色について、あまりにも反応が鈍いから……。だから、自然と頬がほころんで……。

「リル……」

「リル様っ……！」

気づいたら私はくすくすと笑顔を浮かべていた。


その日の夜、私は押し花を作った。

ハイルド様にもらった青い花を保存しようと思ったのだ。

……ハイルド様は強い。

それは身体的な部分だけではなく、心まですべて。そして、それはハイルド様だけではなく、マチルダやコニー、ジャックも強いと感じる。

それに比べると、私は……弱い。

『愛は広がる』と言ったハイルド様の言葉を信じたい、信じようと思っているけれど、つらいことや苦しいことがあったとき、私はそれを信じられなくなるだろう。

どうして自分だけが……。なぜ自分だけが……。

こんな世界はいやだ。もっと正しい世界がある。

そう自分の不幸を嘆き、世界を否定し、恨みだけを募らせる。そういう人間になると思うのだ。

それが、間違っているわけではないのだろう。

でも、私は……そうではなく……。ハイルド様のような人間になりたいと思うのだ。

愛をかき集めて、自分の手に握りしめる人間ではなく……。

愛を渡せる人間に。

……愛が返って来なくても、笑って生きていける人間に。

だから、この押し花をお守りとして、持っていたい。

ハイルド様の見せてくれた景色。

青い花の丘、鮮やかな赤と鋭い金色……、それを忘れないように。あの日に心に咲いた花を枯らさないように。

幕間三 ハイルドの思い

「まさか閣下が本当にリル様と名前を呼び合う関係になるなんて……！」

「はい。リル様の目が赤く、腫れているのを見たとき、『やりやがったな⁉』と思いましたが、さすがは閣下です」

「閣下のまっすぐなところがリル様と合っているのかも！」

リルと夕食を摂り、私室へと送った。

その後、いつも通り……となりつつある、俺の私室での話し合いだ。

明日の朝のこともあるため、三人には帰るように伝えたのだが、魔物の森でのこと、リルのことを全員で話したいということだった。

ジャックもマチルダもコニーも笑顔だ。

俺とリルが名前で呼び合うようになったことを素直に喜んでくれている。

名前についてはコニーの提案だったが、たしかに名前を呼ぶことで、お互いを知っていく準備ができると感じた。

「馬の二人乗りも良かったですね！」

「うん！　物理的な距離も大事だしね！　リル様が嫌がるかなって心配したけど、リル様が閣下を怖がる様子もなかったー！」

マチルダもコニーが「さすが閣下！」と俺の背中をバシバシと叩く。

するとジャックはなにか考えるようなそぶりをした。

「ええ。正直、リル様には驚きます。大人しい方かと感じましたが、それだけではない。冷静な目と相手を観察する能力があるのでしょう」

「ああ……そうだな」

ジャックの言うとおりだ。リルは言葉すくないが、周りをよく見ている。そして――

「……リルがあまり表情を変えないのも、要望を言わないのも。すべて伯爵家での暮らしが関係しているかもしれない」

「なるほど。環境としてそのようにならざるを得なかったということですね」

「ああ」

「あとはエドとゴランがどのような情報を持って帰ってくるかですね。辺境伯への輿入れを拒み、世を儚んで魔物の森へ入ったと予想していましたが、そうではないかもしれません」

「ああ。……この輿入れにはなにかあるのだろう」

俺の言葉に三人とも神妙に頷く。

王命で輿入れしてきたリル。魔物の森ですべてを諦め、受け入れているようだった。

……もしかしたら、俺を嫌ったわけではないかもしれない。

「リル様は髪も染めていました。……理由は聞けていません。ただ、リル様は閣下と話をしたことで、なにか吹っ切れたのかもしれないと感じました」

「髪色か……」

「まさか閣下が、髪色が変わったことに気がつかないとは思いませんでしたけどね。私はあの髪色の美しさを見て、たしかに『エバーランド伯爵家の宝石姫』だなと感心していたのに……」

「……リルはリルだ」

「僕は一目でわかったよ！　女性でも男性でも変化を褒めるのは大切なことだと思います！」

「……そうか」

コニーに言われて、ぎゅっと眉根を寄せる。

俺はリルの変化について、しっかりと声をかけられただろうか。思い出してみるが、まったくうまくできていないだろう。はぁと息を吐くと、マチルダが言いづらそうに手を挙げた。

「あー……でも、リル様は閣下のその感じが好ましかったようです」

「まさか」

マチルダの言葉にジャックが驚いたように片眉を上げる。

「閣下の朴念仁《ぼくねんじん》ぶりに文句を言ったのですが、リル様は閣下の言葉を聞いて、すこしだけ目を瞠って……そのあと笑顔を浮かべたのです」

そうなのだ。リルは髪色を変えたことにようやく気づいた俺を見て、むしろうれしそうだった。

そして、はじめて声を上げて笑ったのだ。その表情は――

「かわいかったですねぇ……」

「かわいかったな……」

それ以外の感想はない。出会ったときに見た花がほころぶような笑顔。それに輪をかけてかわいらしい笑顔だった。

「えー！　いいなぁ！　僕もリル様の笑顔が見たいです！」

「たしかに。私も見たいですね」

四人で頷き合う。

そして、俺はぽつりとこぼした。

「……リルはこれまで、一人だったのだろう」

リルの涙は、ここに来てからのものではない。これまでに流したくても流せなかった涙だ。

堰き止めたそれはリルの心を満たし、悲しみと痛みでいっぱいになっていた。

リルはそれを一人で抱え、一人で耐えてきた。

思いを殺し、見ないフリをし、自分を騙し……諦めて。そうしないと、悲しみと痛みで潰れてしまうからだ。

「もう、一人ではない」

ここには俺たちがいる。

「リルが悲しみや痛みで苦しいとき、俺はそばにいたいと思う。俺になにができるかはわからないが……」

悲しみと痛みは、すぐに消えてなくなるものではない。

自分が涙を流したとき、それを聞いてくれる人がいること。それは心を慰めはするが、それだけですべて消えるのならば、人間はこんなにも苦しまないだろう。

だから、リルの悲しみや痛みを俺がすべて消し去ることはできないのだ。

「リルの悲しみや痛みを、俺がすべて、代わることができたなら……」

魔物の森で泣いたリルを俺は抱きしめることしかできなかった。

花の咲く丘で、リルの苦しみがすこしでも減ればいいと話をしたが、あんなことでリルの苦しみが消えるわけでもない。

はぁ……と呟けば、なぜか三人は俺を驚いたような顔で見ていた。

そして、さらにそれぞれの顔がぽぽぽっと赤くなり――

「い、いやぁ……あれですね、なんだか閣下はこう、ロマンチックというか……聞いているこちらが当てられる」

ジャックはそう言うと、手でパタパタと顔を仰いだ。

「閣下の気持ちは本当によくわかりました。本当に……」

マチルダはそう言うと、自分の顔を冷やすようにてのひらを頬に当てる。

「僕、びっくりしちゃったー！　閣下の言葉、大人の魅力っていうの？　そういうのいっぱいで！　僕、閣下のそういうところ、すごくかっこいいと思う！」

コニーはそう言うと、その場でピョンとジャンプした。

「そうか？」

はて？　と首を傾げれば、騎士たちは「無意識かー」と息を吐いた。

そして、ジャックはコホンと咳払いをした。

「そうですね。とにかく、私はリル様の笑顔を見られるよう、気を配ります」

「私はもっと甘やかします！　リル様はとてもかわいらしいですから」

「僕も――！　たくさん笑ってもらおうね！」

「ああ。……リルがここにいる間は笑顔で過ごしてもらおう」

「「「はい！」」」

そうして、俺たちはリルが好きそうなことを話し合った。

まずは食事。リルは朝食で泣いてしまったが、みなでの食事を嫌ったわけではないだろうと判断した。なので、今後もできるだけ、みなで食事を摂れるようにしようという話になった。

とくに朝食は全員で食べることを続け、リルも一緒に誘う。

さらに、予定はマッチ作りを優先したいとも話した。

魔物退治もあるが、現在はほかには重要な仕事はない。ちょうどいいのだ。

まずはマッチの軸木について調べるために材木屋へと行く。その間にジャックには出回っているマッチの現物を取り寄せるように頼み、さらに諸権利やその他の材料についての調達も頼む。

マチルダとコニーには引き続きリルの身の回りのことを頼み、ほかの仕事については部下の騎士たちへ割り振った。

明けて翌日。

ダイニングでリルとマチルダを待つ。すでにジャックはおり、なにやら書類に目を通していた。

そこにリルとマチルダがやってくる。コニーは今日も寝坊だ。

「おはよう、リル」

「おはようございます、ハイルド様」

リルが俺の挨拶にふふっと微笑む。とてもかわいい。

そこでふと、昨日のコニーの台詞が蘇った。たしか、変化を褒めるのは大切だと言っていたはず。

俺はコニーの案を採用し、リルに変化を伝えることにした。

「今日は穏やかな顔をしているな」

そう思った。昨日の朝に比べると、緊張がほぐれているように見える。

すると、マチルダがぎゅっと眉を顰めた。

「……閣下、リル様は昨日のことがあり、目が腫れていらっしゃいます」

「……そうか」

……まずかったかもしれない。

マチルダの呆れたような目に、肩を落とす。すると、リルはゆっくりと頷いた。

「目は腫れが残ってしまいましたが、心は落ち着いています。……だから、穏やかに見えたのかもしれません」

「そうか。……みなでの食事は疲れないか？」

「私は……あの……」

そこまで言うとリルは目をさまよわせた。そして、意を決したように顔を上げる。

「私は……みなさんと一緒に食事をするのを、楽しみにしていました」

そう言って、はにかんだように笑う。その笑顔は――

「はぁぁかわいらしい。なんてかわいらしいのでしょうか……！」

マチルダはそう言うと、くぅと拳を握った。

「なるほど、これがリル様の笑顔ですか。たしかにとても魅力的です」

ジャックはそう言うとうんうんと頷いた。

そこにバタバタと足音がして、扉が開く。

「すみませーん！　今日、寝ぐせはなかったんですが、寝すぎちゃいました！」

ダイニングに入ってきたコニーはそう言うとえへへと笑った。

その髪はぴょんぴょんと二か所ほど跳ねている。

「コニー、寝ぐせはあるぞ」

「ええ⁉」

コニーは声を上げると、急いで両手を頭へと運ぶ。なでなでと手櫛を通しているが、またぴょんと跳ねた。

「リル様の素敵な笑顔も見られたところで、食事にしましょう。朝は待ってくれません」

「そうだな」

みなで席に着き、食事を摂る。

今日のメニューはゆで卵と焼いた厚切りハム、かぼちゃのポタージュとサラダ、パンだ。

リルは料理を見て、ほぅと息を吐いた。

「昨日とはまた違ったメニューですね」

「だいたいは同じなんですけどね」

マチルダがゆで卵の殻を剥きながら答える。

ジャックはスープを一口飲むと、説明を付け加えた。

「卵、肉の加工品、スープ、サラダ、パン。この組み合わせは変わりません。卵はオムレツ、ゆで卵、目玉焼きが多いですね。肉の加工品はソーセージ、ハム、ベーコンが日替わりです」

「僕は好きだけど、リル様は飽きちゃうかな？」

コニーの言葉に、俺ははっとした。たしかにそれはありえる。

リルが伯爵家でどのような暮らしをしていたか聞けていないが、もっとバラエティに富んだメニューだった可能性が高い。

そもそも朝食の組み合わせを固定したのは、料理人が朝に手間がかかったり、苦労したりしないようにと決めたのが始まりだ。

朝食兼朝礼とすると決めたため、料理人は朝から騎士の分の朝食を作らなければならない。負担が増えるのは避けたかった。さらに栄養も摂れるし、問題はないと思っていたが……。

マチルダがリルを心配そうに見る。

「閣下が効率化をしたんですよね。私もおいしいから好きなんですが、リル様はどうですか？」

俺と騎士しかいないから、これまではよかったが、リルが飽きるようなら、バリエーションを増やす必要があるかもしれない。

リルの顔をみやり、返答を待つ。

リルは俺たちの視線を受けて、驚いたように目を丸くした。まるで自分の意見を聞いてもらえるとは思っていなかったかのように。

「俺たちは慣れているが、リルは来たばかりだ。おかしいと思ったことや、こうしてほしいと思ったことは伝えてほしい」

リルは俺の言葉を聞き、すこし困ったようだった。

目が左右にちらちらと動く。唇を薄く開けて……でも、言葉は出てこない。

伝え方が悪かったのだろう。なので、俺は聞き方を変えた。

「リルが好きなものはなんだ？」

「好きな、もの……ですか？」

「ああ。俺はリルの好きなものを知りたい」

その途端、リルの目がうるんだ。きれいな青い瞳に溜まる雫《しずく》は落ちることはない。リルはその瞳のままそっと微笑んだ。

「私は……ここで食べたもの、すべてが好きです」

とても美しい笑顔だ。言葉に嘘がないことが、リルの表情を見ればわかる。

「昨日食べたオムレツも、ソーセージも、サラダもパンも……きのこのポタージュも。全部、好きです」

「そうか」

「はい。……今日のメニューも。きっと私は好きになります」

「好きになる？」

まだリルは朝食には手を付けていない。

だから、不思議に思い尋ねると、リルは照れたようにはにかんだ。

「私はみなさんと一緒の食卓が好きです。……みなさんと食べたものが……。私の好きなものになります」

「……そうか」

リルのその答えに、俺は胸が締め付けられるように痛んだ。

リルの表情は明るい。昨日のように、悲しみや痛みにリルが苦しんでいないのはわかった。だが、その言葉から察することができたのは……。

きっと、これまでは「好きなもの」というのを考えたことがなかったのかもしれない。リルがさっき困ったように見えたのは、俺の「好きなものはなんだ？」という質問への答えが見つからなかったからだろう。

……リルはどんな環境で暮らしていたのだろう。どんな生活を送っていたのだろう。

リルを見ていると、伯爵家でのリルの暮らしが良かったとは思い難い。

思い過ごしであればいい。だが、昨日の様子を見れば、そうとは思えないのだ。

伯爵領へと情報収集へ行っているエドとゴラン。二人はどんな情報を持って帰るだろう。

いい情報ではないかもしれない、と。その予感で思わず、眉を顰めてしまう。

すると、リルがその笑顔を消し、そっと目を伏せた。

「あ……申し訳ありません。こんな答えはおかしかったですよね……」

どうやら俺の表情の変化を勘違いしたようで、リルがきゅっと眉根を寄せた。

それにゆで卵の殻を剥き終わったマチルダが慌てて言葉をかけた。

「リル様の答えはおかしくないですよ！」

「うんうん！　一緒に食べるのっていいよね！」

「ええ。とても光栄な言葉でした」

三人は一斉にリルへ言葉をかけると、俺をギロッと睨んだ。笑顔だったリルの表情を曇らせた俺への責めの視線だ。三人の気持ちはよくわかる。俺自身、リルの笑顔が消えてしまったのが惜しいからだ。

「俺はリルの言葉がうれしかった」

なので、リルの誤解を解くよう、言葉をかける。

すると、伏せていた青い目が俺と合い、パチパチと二回瞬いた。

「うれしい、ですか？」

「ああ。俺の表情のせいで怖がらせてしまったなら悪かった。俺はリルの言葉にそうなったわけではない。違うことを考えていたんだ」

「そうですよ！　閣下は怖い顔になりますが、さっきのはきっと、ゆで卵の殻がうまく剥けていなくて口に入ったとか、そういうのでしょう」

「うんうん！　閣下の顔は怖いのが普通だから、気にしなくていいと思うー！」

「パンが喉に引っかかったのかもしれません」

「マチルダ、コニー、ジャック……」

三人の散々な言い様に、はぁと息を吐く。

が、このやりとりはリルを安心させることができたらしい。リルは、ほわっとやわらかく笑った。

「ハイルド様が変だと思わなかったのなら……よかったです」

「俺はリルのことをかわいいと思っているが……」

リル自身のことを変だと思ったことは一度もない。ただ、リルのこれまでの環境や、その考え方が作られた生育環境、軽すぎる体重や、表情の少なさについては胸騒ぎのようなものがたびたび起こるが……。

ふむ、と考え込むと、リルが「えっ」と声を上げた。

その声に惹かれるようにリルを見れば、白くてすべらかな頬が、赤く染まっていて……。

「リル？」

「あ、いえっ……これは、えっと……」

見開かれていた青い目が、俺から逃げるようにそわそわと揺れる。

なぜリルがそうなってしまったかはわからないが、悲しかったり、苦しかったりしての表情ではないだろう。じっと見つめると、より頬が赤く染まった。

「なにかあったか？」

頬が染まったリルは困ったように俺をちらりと上目遣いで見た。その途端、俺はその頬に手を添えたくなって……。だが、席が遠いため、それは叶わない。

残念に思っていると、リルがぎゅっと目を閉じた。

「あの、これは……なんでもないのです。すこしだけっ……、すこしだけ待ってください」

リルは自分を落ち着かせるように数回深呼吸をすると、胸のあたりをそっと押さえた。

俺はリルのその行動をじっと待つ。すこししてリルは落ち着いたようで、赤く染まった頬は元通りになった。

そんな俺たちのやりとりを見ていた三人はそれぞれ親指を上げ、俺へグッドのサインを送っている。

「いいですね、閣下！」

「うん！　言葉は大事だよね！」

「閣下が狙っていないのがありありとわかり、今もわかっていなそうですが、まあよしですね」

三人が笑顔なので、どうやら問題はなさそうだ。

リルの表情を曇らせてしまったことの挽回はできたのだろう。

「リル、俺がリルのことをどう思っているかは伝わったか？」

「え、あ……は、はいっ！」

「先ほどは俺の表情がリルを不安にさせたようですまなかった。俺はあまりそういうのが得意ではないのだ」

「いえっ、私こそ申し訳ありませんでした」

俺が謝るとリルも謝る。

すると、ジャックがコホンと咳払いをした。

「さあ、話も大切ですが、食事をしましょう。リル様はまだ召し上がってらっしゃいません。スープが冷めてしまいます」

「……そうだな」

「リル様、今日のスープはかぼちゃのスープなのです。かぼちゃの甘味を感じてとてもおいしいですよ」

「……はい、食べてみます」

ジャックとマチルダに促され、リルがスープを一さじ掬う。そして、それを口に入れた。

こくんと飲み込んだあと、口角がきゅっと上がる。

「おいしいか？」

聞かなくても表情でわかる。が、リルの感想を聞きたくて尋ねると、リルは「はい」と頷いた。

「マチルダの言う通りです。かぼちゃの甘さを感じました。……温かくて、甘くて。優しい味がします」

「そうか」

「私の好きなものが増えました」

「ああ。よかった」

リルがうれしそうだ。だから、俺もうれしくなって思わず、ふっと笑ってしまう。

「俺も、かぼちゃのポタージュが好きだ」

「……っ、はい」

俺の言葉を聞いた途端、リルの目がまたうるんだ。でも、やはり悲しみの涙ではないとわかる。

リルがみなでの食事を喜んでくれるなら、こんなにうれしいことはない。

「まだ来たばかりだから、食事のメニューについて気にならないのかもしれない。もし、飽きたら、伝えてほしい」

「……はい」

リルは俺の言葉に頷くと、ほかのメニューも食べ始める。

隣ではマチルダが二つ目のゆで卵を剥いていて、どうやら上手なゆで卵の剥き方をリルとコニーにレクチャーしているらしい。

リルはそれを楽しそうに聞き、コニーと二人で実践している。

そうして、リルは厚切りハムとゆで卵、パン、サラダにスープも完食した。

食事が終わり、マチルダとコニー、リルが席を立つ。俺とジャックはあとすこし話を詰めてからそれぞれ仕事に行こうと思っていたのだ。

コニーは一度私室に戻るようで、一人でバタバタと出て行く。寝坊をしたためにやることがあるのだろう。

マチルダはそのことに小言を言っているようで、ダイニングの扉で二人がやりとりをしていた。

そのとき、俺とジャックの会話はちょうど区切りがあり、俺はたまたまリルを見た。

リルはテーブルのそばに一人立っている。すると、そっと呟いて……。

「もし、この朝食を飽きる日が来るのなら……」

そこまで言うと、ダイニングをぐるりと見渡す。

この呟きはだれかに聞かせたかったものではない。きっと、俺に聞かれているとも気づいていないだろう。

「……なんて素敵でしょう」

リルは胸元できゅっと手を握ると、ふっと笑った。そして、そのままマチルダのもとへ向かい、ともにダイニングを出て行った。

俺はその姿を見送る。……胸に残ったのは、切なさ、だろうか。

「……リルはずっとここにいるつもりはないのかもしれない」

「というと？」

一人ごちた俺に、ジャックがピクリと眉を動かす。

「今日のリルは昨日のリルよりも、なにかを吹っ切ったように見えた」

「はい。それは私にもわかりました」

「……だから、リルが望むなら、このまま過ごしてもらいたい」

「ええ、私としてもリル様にはぜひ残っていただきたいと思います。王命での輿入れでしたし、リル様の生家である伯爵家も胡散臭《うさん》い。ですが、閣下とリル様が思い合うのであれば、出会いの仕方や経緯はどうあれ、私たちが全力で障害を排除します。そして、私が今日見る限るでは、閣下とリル様はすこしずつ心を通わせ合っているように見えましたが……」

ジャックの言う通り、リルと心を通わせることができていたらうれしい。だが……。

「リルはこの暮らしを終わらせるつもりなんだろう」

「……なるほど」

ジャックはそう言うと、なんとも言えない顔をした。納得しているようなそうではないような。

「私にはそれは現実的とは思えません。伯爵家の令嬢が王命でここへ輿入れした。なんらかの理由で魔物の森で命を絶とうとし、それを閣下が救った。……そして、リル様は今、私たちに心を開き、表情も増え、楽しそうにされていると感じました。……リル様がこの暮らしをやめる理由が見当たりません」

「ああ、だが、ずっと胸騒ぎがする」

「……閣下の勘は当たりますしね」

ジャックはそう言うと、はぁとため息をこぼした。

「せっかく閣下の前に素敵な女性が現れ、しかも女性も閣下を憎からず思っているようだったのに……。こんなチャンスは二度と訪れないかもしれません。……リル様の気持ちはどうあれ、閣下が捕まえてしまえばいいのでは？」

「……できるかもしれないな」

まず、リルには伯爵家のことをすべて話してもらう。そして、なにが起こっているかを把握し、リルが逃げられないようにしてしまえばいいのだ。

……きっと俺にはそれができる。

そして、もし俺がそう動けば、リルは淡々と受け入れるかもしれない。

「……リルはきっと、あまり自分の意見が通らない環境で暮らしていたのではないかと感じる」

「そう……かもしれません。ええ、たしかに。落ち着いていて、達観しているように見えたのは、自分の言葉がだれにも聞いてもらえないという諦めの可能性があります」

「だから俺は、リルの望みを尊重したい」

王命だから輿入れしろ、命を助けたのだから従え、暮らしを保証するからここにいろ。……そんなものでリルの心を縛りたくはないのだ。

「そんなことを言って、リル様がいなくなったあと、後悔するのは閣下ですよ？」

「……わかっている」

「……私は、閣下には幸せになってほしいのですが」

ジャックはもう一度、はぁとため息をついた。

「閣下の考えはわかりました。これからリル様ご自身で事情を話すかもしれませんし、エドとゴランが帰ってくるのが先かもしれません。どちらにせよ、リル様の望み、どのようにしたいのかということを優先したいということですね」

「ああ。……だから、魔塵のマッチの製作をできるだけ急ぎたい」

「それはもちろん。ですが、魔塵のマッチの製作とリル様の望みの優先がどう繋がるんですか？」

ジャックの疑問はもちろんだ。なので俺は自分の考えを説明した。

「魔塵のマッチはリルのアイディアだ。もしうまくいって売り出すことになれば、その権利はリルが持つべきだと思う」

「そうですね。その手配でしたら私がします」

「ああ。もし魔塵のマッチを作ることができれば、従来のマッチではなく、こちらが主流になるだろう。そうなれば魔物の森と地下迷宮を有する辺境伯領に、多大な利益をもたらすはずだ。その利益を発案者であるリルへ正当な報酬として払いたい」

「……リル様がどこへ行っても、ご自分で暮らしていけるようにですか？」

「そもそも正当な権利だからな。そして、それがあればリルはどんな道でも選べるのではないかと。伯爵家へ帰る選択をしても、その権利がリルの立場を守ってくれるかもしれない。どこか別の場所で暮らす選択をしても、リルの素晴らしさを証明する一つとなるはずだ」

そう。リルがこの先どんな道を選んだとしても、魔塵のマッチの発案者であったことは、リルの暮らしを支えることができるはずだ。権利者として金を得るだけではない。リルの能力の証の一つにもなる。

「……リル様の権利を尊重することが、閣下のもとを離れるという選択を取る要因になったとしても、私たちはそれを支えろと。そういうことですね」

「……ああ」

ジャックに改めて確認され、リルが離れるということに、胸がぐっと痛んだ。

でも、この痛みはそのままでいい。俺はリルが笑ってくれればそれでいいから。

「俺はリルから権利を奪わない」

リルが自分の望みを叶えることができるようにしたい。

……結果、リルがここからいなくなることは、つらいことだが。

「閣下、なんて顔してるんですか……」

ジャックはそう言うと、席を立った。そして、俺のそばに来ると、俺の頭をぐしゃぐしゃと撫でた。

「閣下！　まだ諦めるのは早いですよ！」

ジャックはなぜか一人気合を入れている。しかし、意味がわからない。

はて？　と首を傾げると、ジャックは俺を奮い立たせるように頷いた。

「つまりは、リル様が閣下を選んでくれればそれで万事解決です」

「リルが、俺を、選ぶ?」

「そうです!　リル様にはいろいろな事情があるのでしょう。が、それはそれとして、リル様がここにいたいと希望した場合は、なにも問題はありません」

ジャックがあまりにも当然のように言うので、その案がありえるような気がしてくる。

諦めるのはまだ早い。つまり、今、リルはここから離れることを考えているようだが、それを覆せばいいのだ。

「リルにここにいることを選んでもらえばいい、そういうことだな」

「そうです。ここは閣下の魅力にかかっています」

「……そうか」

どうだろうか……。リルは俺を選んでくれるだろうか。

努力はするつもりだが、これまで立ててきた目標の中で、一番実現が難しいように思える。

眉を顰めると、俺の考えに呼応するように、ジャックも肩を落とした。

「私やマチルダが閣下を支えることができればよかったのですが……」

俺を奮い立たせていたはずのジャックが空笑いをする。そして、遠くを見つめた。

「女慣れしているエドがいれば……。あるいは妻子持ちのゴランがいれば……」

ジャックは辺境伯領を離れ、伯爵領へ向かっている騎士二人の名前を出した。どうやら、そちらの二人であれば、すこしはマシな作戦が取れたのかもしれない。

「しかし、こちらにはコニーがいます。一番年若い者を頼るなど、非常に心苦しく、我ながら自

分が情けないですが、コニーにアイディアをもらいましょう」

「そうだな」

　お互いに名前を呼べるようになって、たしかにリルとの距離が縮まった。なにより、リルがうれしそうだと感じたのだ。俺一人だけでは、リルの笑顔を引き出せなかったかもしれない。

「リルがもしここに残ってくれるのならば、それはみなの功績だな」

　コニーだけではない。マチルダはリルのそばにいてくれ、ジャックはこうして俺を鼓舞してくれる。そして、エドとゴランもそれぞれの任務に当たってくれているのだ。

「俺はみながいてくれて、心強い」

　そう言うと、ジャックははっと笑った。

「人が集まるのは閣下の人徳です。……リル様は閣下をよく見てくださっていると感じます。そうなればもう、こちらのものです。この勝負は勝ったようなものですね」

　どこからその自信が来るのかはわからないが、そうであればいいと思う。

「まずは魔塵のマッチだ。それの完成を急ぐ。……合間に、リルに選んでもらえるよう、努力をする」

　これが、今後の方針になるだろう。

　俺の言葉にジャックは頷き、すぐさまスケジュールを整えていった。

「まず、閣下には基本的にはリル様と行動してもらいます。魔塵のマッチの材料を揃えること、資料を集めることは私がしましょう。ほかの諸事についても。あとはマチルダとコニーにはリル様につくため、日課となっていた見回りなどは部下の騎士たちに振り分けます」

「……俺が魔物の森や街の見回りをしてもいいが」

材木加工所などへ行く用事はリルとともに俺も行くが、それ以外であれば隙間を縫い、俺ができることもあるだろう。

だから、そう提案したのだが、ジャックは首を振った。

「いえ、閣下には閣下にしかできない仕事をしてもらいます。さすがに確認してもらい、サインをいただかねば動かない仕事もありますので。ですが、それ以外はリル様と一緒に過ごしてください」

「……みなに無理をさせないか？」

「逆に、ですよ。今、無理をしないと、閣下の一生に関わりますから。騎士たちもそれは感じるはずです。私たちは閣下に後悔はしてほしくありません」

ジャックはそう言うと、真剣に俺を見つめた。

「リル様の決断がいつになるかはわかりませんが、そう遠くないのではないですか？」

「……俺の勘は、すぐだろうと告げている」

組み合わせがほぼ決まっており、それも数が少ない朝食のメニュー。それを『飽きる日が来るのなら……』と告げたリルの様子を見れば、もしかしたら二巡目があるかもわからない。

「でしたら、その間ぐらい、私たちでなんとかしてみせます。これまでも閣下が王都へ向かったり、他領へ視察に行ったりする間は、私たちだけで動いていたのですから」

「そうだな」

力強く頷くジャックは本当に頼もしい。

その後、マチルダやコニーにも決まったことを伝えると、二人とも「わかった」と頷いてくれた。

そして、コニーのした提案はこうだ。

「二人で過ごす時間を取るのが一番いいと思うな！　まだお二人は出会ったばかりなので、時間はいくらあっても足りないぐらいです」

「ほら、私の言った通りです」

コニーの答えに、ジャックは自慢げに頷く。すでに俺のスケジュールは、リルと過ごせるように空けられているのだ。

「あとは閣下次第、ということですね」

マチルダが緊張したように、ごくりと唾を飲んだ。

その緊張が俺にも伝わり、思わず眉を顰める。

すると、ジャックがポンと俺の背中を叩いた。

「閣下なら問題ないと私は思っていますよ」

「……その自信はどこから来るんだ」

思わずこぼせば、ジャックは珍しく目を瞠った。そして、そのあと、ははっと笑う。

「そんなこと決まっているでしょう。閣下の魅力は私たちが一番知っているからですよ」

「あー……そうだな。そうですよ、閣下！」

「うん！　そうだね！」

ジャックの言葉に、緊張していたマチルダも頷き、コニーもにこにこと笑顔を浮かべた。

「私は閣下ほど、かっこいい男はいないと思っていますので」

ジャックはきっぱりと言い切る。

「私たち騎士一同、閣下のことが好きですからね」

親指を立てて見送る部下たちに、俺は神妙に頷いた。

まずはリルを誘うところから。……街へ二人で買い物だ。

第四話 ✣ 別れの決意

魔塵のマッチを完成させるため、午後からは材木加工所に行くことになっている。

辺境伯領では午前中に仕事が多いと言っていたため、私は邪魔にならないように、午前中は部屋にいるつもりだった。

けれど、ハイルド様が来てくれ、私を街に誘ってくれた。

材木加工所へ行く前に、街を見て回らないか？　と言ってくれたのだ。

もちろん、最初は恐縮し、断った。忙しいハイルド様の負担になりたくなかったのだ。

しかし、ハイルド様はしばらく仕事のスケジュールが空くらしく、私とともに過ごす時間があるらしい。

……本当は断るべきだったのだろう。

断る理由はいっぱい浮かぶのに……。気づけば私は、一緒に行くことに頷いていた。

結局、私は……ハイルド様といる時間を楽しみにしているからだ。

ハイルド様やみんなの優しさに甘えてしまう。「行きたい」と答えたときに、うれしそうに目をやわらかく細めるハイルド様の笑顔に、胸がドキドキと高鳴ってしまうのだ。

断れない上に、ドキドキとしてしまった自分に思わずため息が出る。

すると、その音は私のうしろにいるハイルト様に聞かれてしまったらしい。

「どうした、リル。やはり馬は疲れるか？」

「いえ、……こうしていると、昨日と同じように、楽しい、です」

「そうか。リルが馬上も好んでくれてうれしい」

街へは昨日のように、馬の二人乗りで向かった。

護衛などはいないが、ジャック曰く、この街でハイルド様に害を為す者はいないらしい。

万が一、危険なことがあっても、ハイルド様なら一人で解決してしまうということだった。さらに、街を警らしている騎士がいるから、問題ないのだろう、と。

逆に、ハイルド様でも解決できないときは護衛の騎士がいても無理だと断言された。

ハイルド様の強さは圧倒的なのだろう。

私と出会ったときも、一太刀で魔物を斃し、私を軽々と片手で抱えていた。今、背中に感じる頼もしさは、そんなに強いハイルド様だからだ。

昨日とはまた違う景色を楽しみながら、馬で進んでいく。

街へ着くと、そこは思ったよりも大きく、賑わいのある街だった。

「すごい……。人がたくさんいて……王都と言われても、信じてしまいそうです」

馬から降りた私は、目の前の光景にほうと息を吐いた。

道は石畳で舗装され、その両端には歩道があり、三階建てのレンガ作りの家々が立ち並んでいる。馬車がすれ違えるぐらいの広い道幅はこの街が発展していることを物語っている。

大通りの家はほとんどが商店のようで、いろいろなものを売っているようだ。

馬を街にいた騎士に預けたハイルド様は、街の大きさに圧倒される私を見て、そっと微笑んだ。

「さすがに王都ほどではないが、ここが辺境伯領で一番大きな街だ。冬になれば雪が降る街だが、雪のない間はこうして人通りもたくさんある」

ハイルド様の説明に、こくりと頷く。

「……こんなにたくさんの人、はじめて見ました」

立ちすくむ私の手をハイルド様の肘へと誘導した。これはエスコートしてくれるということだろう。とりあえずは人通りの邪魔にならない場所へと連れて行ってくれるようだ。

すれ違う人々は私たちを見て、驚いているようで……。

私はそこではっと気づいた。

――これは私を見ているのだ。

髪は砂色から銀色に戻した。ハイルド様や騎士のみんなは気にしなかったが、やはり恥ずかしい色なのかもしれない。

そう気づけば、こうしてハイルド様の腕に手を添えていることが申し訳なくなる。

この街にハイルド様に害を為す者はいないということは、つまりハイルド様の姿を街の人々は知っているのだろう。

ハイルド様の赤い髪と金色の眼は目立つ。それこそ一目見れば忘れない色だ。

自分の領を統治する辺境伯。その辺境伯の連れが私のような人間だったらどうだろうか。

きっと、領民は残念に思うはずだ。

ずっと言われてきたのだ。恥ずかしい人間だ、と。だから、外に出ることもほとんどできず、一人で屋敷に閉じこもっていた。

……私はハイルド様の誘いに「はい」と言うべきではなかったのだ。

誘われてうれしくて、断ろうとするとハイルド様がしょんぼりとしているように見えたから……。そして、なによりも私の胸がドキドキして、その熱に抗《あらが》えずに誘いを受けてしまった。

ハイルド様の腕からそっと手を外す。

もうこんなことはしない。ハイルド様に触れたりしない。

でも、せめてこうして……うしろをついて街を歩くだけなら……。

私が手を外したことをハイルド様もすぐにわかったのだろう。人通りも気にせず、立ち止まった。

歩行者は人込みでの動きをよくわかっているようで、ハイルド様にぶつかったり、私を押したりするようなこともなく、上手に避けてくれている。

「リル、どうした?」

ハイルド様の金色の眼が私を見つめる。でも、私はその目を見上げることができない。

こんなに人がいる場所を歩いたことがないこと。人の視線が気になること。……自分自身を恥ずかしいと思うこと。

すべて言葉にすることはできず、ただ浅く息を吐いた。

ハイルド様に迷惑をかけたくないのに……。私は……。

「はじめての場所はだれでも緊張する」

落ち着いた低い声。雑踏の中にあっても、その声は私の耳にしっかりと届く。

その声に導かれるように、おずおずと顔を上げる。するとそこにあったのは――

「ちゃんと声をかけずにすまない。リルと一緒で浮かれてしまった」

――優しい、やわらかい金色の眼。

私を蔑む色などどこにもない。ただ、私と一緒にいることができてうれしい、と。その目には
ありありと浮かんでいた。

ハイルド様の顔を見て、ようやく自分が不安や緊張で硬くなっていたことに気づけた。先ほど
までハイルド様の腕に添えていた手も、ぎゅうと握りしめてしまっている。

そんな自分を落ち着かせるために、ふぅと息を吐く。そして、てのひらを開き、髪を撫でる。

……銀色の髪は変ではないだろうか。

「……髪が気になるのか？」

ハイルド様はそう言うと、そっと私の髪に手を添えてくれた。

「俺は女性の髪形には詳しくないが、とても似合っている」

そう言って、ふっと微笑む。

……私は、この笑顔がダメなのだ。ハイルド様のこの笑みを見ると、泣きたいような笑いたい

ような、変な心地がして、胸がぎゅうぎゅうとなってしまう。

「……今日はマチルダが編み込んでくれました」

「ああ。街の人々もリルの美しさに見惚れているな」

「え、……え？」

思ってもみなかった言葉に驚き、目を瞠る。

そして、からからになっていた喉からようやく言葉が出た。

「髪型……ですか、髪色ではなく……？」

「……どちらも美しいからな」

ハイルド様は難しい質問だ、と眉を顰めた。

ハイルド様と私と、会話がうまくかみ合っていない気がする。私はもう一度、ハイルド様との会話を思い出すことにした。

私は髪色を気にしていたが、ハイルド様はそんな私を見て、髪型を気にしているのだと思ったのだろう。

私は街の人々が私の髪色が変で見ていると思っていたが、ハイルド様はそれを「美しいから」見惚れていると表現した。

私は街の人々が私を見るのは髪色のせいではなく、髪型のせいなのか？　と聞くと、ハイルド様はどちらも美しいから、と答えたのだ。

……話の流れはわかった。私とハイルド様の見解がまったく一致していないことも。

すると、ハイルド様は触れていた髪をそっと離すと、私を見て――

「リルはいつもかわいい」

――そう言って、うれしそうに笑った。

瞬間、私の胸はドキドキと高鳴り、頬が熱くなっていく。息もつまり、思わず「うぅ……」と漏らすと、ハイルド様が私の手を取った。

「リルが欲しいものはあるか？　まずは街の屋台でジュースでも買おう」

立ち止まっていた私の手を引き、ハイルド様が歩き出す。

その手は大きくて……温かくて。緊張して縮こまっていた私の体をほぐし、心ごと明るく塗り替えていく。

私に合わせてくれる足取りは早くない。でも、ハイルド様と手を繋いで歩けば、まるで世界が弾んでいるみたいで……。

「……楽しいです」

あんなに気になっていた人の目が、もう気にならない。ハイルド様がここにいて、笑ってくれるから、私が何色だろうと、世界は明るくきらきらしている。

思わず、ふふっと笑えば、ハイルド様が繋いでいた手を、ぎゅうと一度強く握った。私もそれを離さないようにぎゅうと握り返す。

ああ……。私は……きっと、ハイルド様のことを……。

花の咲いた丘で見た青い花。それが私の心に咲いている。そして、風に揺れ、楽しそうに躍るのだ。

——この気持ちは伝えない。

私は妹の身代わりで来た、王命を違えた姉だ。これ以上、ハイルド様に迷惑をかけることはできないから……。

「ハイルド様、あとで紙と……。リボンを買えるお店があったら行ってみたいです」

「わかった。文房具屋や雑貨屋を回ってみよう。……俺は街にどんな店があるかはわかるが、それをリルが気に入るかはわからない。遠慮せずに言ってほしい」

弾む町と躍る花に後押しされ、そっと希望を口にすれば、ハイルド様はすぐに請け負ってくれた。

そして、屋台で果物のジュースを買い、そこから紙やリボンを見て回った。

午後からは材木加工所へ行くことになっていたため、ハイルド様と街にいたのは午前中いっぱい。

街で人と買い物なんてしたことがなかったから知らなかったが、時間はあっという間に過ぎるもののようだ。

私が買ったのは厚手のやわらかな風合いを持つ紙と、赤地に金の縁取りのリボン。

丘でもらった青い花の押し花が完成したら、これでしおりを作るのだ。

ハイルド様からもらったたくさんの思い出。

その記憶と、強さと……温かさを忘れないために。

そうして、私はハイルド様と過ごしながら、魔塵のマッチの完成に向けて一緒に飛び回った。

一日目。街で買い物をしたあと、午後は予定通り、材木加工所へ行った。軸木の加工について、私は絵を描いたり、材質を伝えたりといろいろと話をする。軸木のサンプルをいくつか作ってもらった。

二日目。魔塵のマッチのための視察は午後からになるということで、午前中はみんなで果物を食べた。

午前中は魔物の森の巡回などで忙しいはずなのに、中庭でティーパーティーを行ったのだ。用意されたのは、いちごとさくらんぼだった。今の時期は辺境伯領で採れるようだ。甘酸っぱくてとてもおいしかった。それに……みんなの笑顔がうれしい。一緒に食べると本当になんでもおいしく感じるのだ。

私が「おいしい」と言うと、ハイルド様の金色の眼が優しく細まる。私はその度に胸が高鳴ってしまって……。

……私の好きなものがどんどん増えていく。

魔塵のマッチができるころには、私の好きなものは片手では数えきれなくなるだろう。それはとても幸せなことだ。

――この場所に来れてよかった。

だからこそ、魔塵のマッチの完成を急がないと……。

午後になり、魔塵に混ぜる、膠を見に行くために皮革の加工所へと足を運んだ。

魔塵は膠によって軸木につけることができ、一見すれば、出回り始めたマッチと同じようなものができた。あとはうまく火が点けば……。

三日目。午前中にいくつかできあがった魔塵のマッチで発火テストを行うことになった。

魔塵の研究室のようになっている一室で、ハイルド様と私、みんなで集まる。

昨日完成した魔塵のマッチ。ハイルド様はそれを手にし、みんなへ視線を巡らせた。そして、最後に私を見る。

「リル、やってみるぞ」

「はい」

うまくいくだろうか……。うまくいってほしい。期待と緊張から、思わずごくりと喉を鳴らしてしまう。

ハイルド様はそんな私を安心させるように頷くと、魔塵のマッチを机の天板で擦った。が――

「……点かないな」

「そう、ですね……」

火が……点かない。これまでのマッチはどこで擦っても発火したが、魔塵ではそうはいかないのかもしれない。

マッチの成功を祈るような気持ちで見ていた私は、思わずため息を漏らしてしまう。

すると、ジャックがうーんと首をひねった。

「もうすこし燃えやすいほうがいいんでしょうか。可燃性のあるものを集めてみましょう」

「ああ、頼む」

ハイルド様と言葉を交わしたあと、ジャックは何枚かの書類を持って、部屋を出て行った。どうやら、ほかの材料を集めてくれるようだ。

失敗しても、それを気にすることなく、すぐに次の行動へと移す。

二人の姿を見て、私はぎゅっと手を握りしめた。

……そうだ。一回、失敗したぐらいで投げ出してはいけない。私は……魔塵のマッチを作りたい、成功したいのだから。

「もう一度、擦ってみるか」

「閣下！　次はもうすこしザラザラしたものがいいのでは？」

ハイルド様はそう言うと、マチルダが紙やすりを差し出す。

横で見ていたコニーが、「そうだね！」と夕焼け色の目は輝かせた。

「ジャックさんが取り寄せた今までのマッチは、ザラザラだと火が点きやすいんですよねー」

そう言って、机に載っていたマッチの箱を手に取る。

それは普及し始めた従来のマッチだ。謳い文句は「簡単にどこでも火が点く」だ。

コニーはマッチ箱を縦に振った。マッチを取り出すために、重なっていたマッチを均《なら》したかったのだろう。

その行動におかしなところはなかった。けれど――

「わ、わわわっええ⁉」

突然、コニーが慌てたように大きな声を出した。

すると、手元からゆらっと火が立ち上り……！　燃えている⁉

「コニー！　ここに投げろ！」

「は、はいっ！」

ハイルド様が示したのは銀製のプレート。たしかにそこであれば、燃え移るようなものはなく、マッチが燃え尽きれば、火が消えるだろう。

コニーもすぐにそれを理解したようで、銀製のプレートに向かって、火が出てしまったマッチ箱を投げる。

マッチ箱は、銀製のプレートの上に載ると、ボッと音を立てて火を大きくした。

銀製のプレートの周囲に可燃性のものはなく、マッチが燃え尽きてしまえば、このまま鎮火するだろう。

「コニー、火傷してない？　冷やすものを持ってこようか？」

マチルダがコニーの手を取り、まじまじと見る。

コニーはふるふると顔を横に振った。どうやら火が大きくなる前に手を離したおかげで、火傷はしなかったようだ。

「びっくりしました……」

「そうだな……。こんな不意に火が点くなんて……」

「ごめんなさい。大切なサンプルだったのに、僕のせいで……」

銀製のプレートの上で燃えるマッチを見て、ハイルド様がぎゅっと眉を顰めた。

コニーは危険が去ったことで、落ち着いてきたのだろう。自分が取り寄せた従来のマッチを燃やし、失くしてしまったことに気づいたようだ。しょんぼりと眉尻を下げる。

ハイルド様はそんなコニーに首を横に振って答えた。

「気にしなくていい。まさかこんなことで火が点くとはだれも思っていなかった。コニーでなくとも、だれかが同じように火を出していただろう」

「ええ。さすがに簡単に火が点きすぎです」

「事故が多いとは聞いていたが、これではマッチが原因の出火が増えるだろうな……」

ハイルド様とマチルダが視線を交わし合う。

私はそれにそっと言葉を付け足した。

「……従来のマッチが原因と思われる出火がエバーランド伯爵領で増えています」

「そうか……」

他領よりも先にと、マッチの普及を急いだエバーランド伯爵領では、事故の報告が数件上がっていた。私から父に伝えたから、父はたしかに知っている。だが……父は、それを止めることはしなかった。

便利なものを使いこなせない、個人の責任の問題だと言って……。

「そもそもこのマッチが危険だと俺は思う。構造として事故が起こるものは、個人の責任にしても意味がない」

ハイルド様は迷いのない金色の眼でそう言うと、気を落とすコニーの肩にポンと手を置いた。

「従来のマッチはもう一度取り寄せよう。その際は取り扱いについて注意をするように伝える。今、不意の出火の実例を目にした。情報を共有すれば、次の者が同じような事故をすることを防ぎやすくなる」

そして、そっと目を優しく細めた。

「コニーに怪我がなくてよかった」

「……はいっ」

コニーはハイルド様の言葉に、ぎゅっと唇を噛むと、力強く頷いた。

そうしているうちに、銀製のプレートの上で火を出していた従来のマッチが燃え尽きる。

ハイルド様はそれを確認すると、魔塵のマッチを手に取った。

「では、もう一度試すぞ」

そう言って、止まっていた作業を再開する。

マチルダは再び紙やすりを用意し、みんなでそれを見守る。

――けれど、火は点かない。

「従来のマッチに比べれば安全なのは間違いないが……」

「火が点かないと意味がないですよね」

「そうだよねー……」

三人はうーんと首をひねっている。

私はその姿を見て……。

「みなさんは……本当に……素敵、です」

……ただ、胸がいっぱいになっていた。

この気持ちはなんだろう。……光、だろうか。

うまく表現できない気持ちは、言葉にはならない。けれど、たしかに私の胸には気持ちがあふれていて……。

不意の出火に対し、素早く対応を指示したハイルド様。

それに従い、慌てながらも行動を起こしたコニー。

なによりもまずコニーの体を心配したマチルダ。

自分の責をすぐに認めたコニーと、それは違うと切り替えるハイルド様。

みんなにとっては当たり前のことなのだろう。すべていつも通りのやりとりで特別なことではない。なにかが起こったとき、こうして対応してきたのだ。

そして……私は、それが当たり前のことではないとわかる。

問題が起きたときは個人の責任として処理する。個人の行動を責める。周りの人間はそれを傍観者として眺め、助けには入らない。……自分が責められるのが怖いから。

ハイルド様はそれを「意味がない」と言った。

ハイルド様にとっての「意味」はハイルド様にしかわからない。けれど、一緒にいると伝わってくる。

次の段階へ行くこと。積み上げること。作り上げること。……一歩、前へ進むこと。

それをするためには個人の責任だけを問い詰めても「意味がない」のだ。

家族との関係。自分の境遇。家族に愛されない日々。

毎日、家族から「お前が悪い」と責められ、私の責任として、私が悪いのだと思って生きてきた。私がもっと違う風に生まれていたら……私がもっとうまくできていたら……、と。

責められるごとに視野の狭くなっていく私。小さな世界で生きている私。

……ハイルド様はそんな私の世界を壊し、広げてくれる。

そして、広がっていく世界にいるみんなは、優しくきらきら輝いていて……。

だから、思わず呟いてしまったのだが、唐突すぎたらしく、みんなは驚いたように目を瞠った。

そして、慌てたように私のもとへと駆け寄る。

「リル様！　私たちが素敵なら、リル様も最高に素敵です！」

「そうだよー！　とってもとっても素敵だよ！」

私の胸からあふれた光が、マチルダとコニーの周りできらきらと輝く。

二人の目を見れば、二人が嘘を言っていないことは明らかで……。

……私はこんなに素敵な人たちと同じように、光を纏えるだろうか。

そうだったら……うれしい。私にも、そんな力があるのなら。

胸の前でぎゅうと右手を握りしめる。するとハイルド様が私を呼んだ。

「リル」

低く落ち着いた声。……優しくて、甘く響くその音。

「リル、どうした？　なにかあったか？」

「いえ……なにかがあった、というわけではないのです……」

優しい声に導かれるように、ゆっくりと言葉を紡ぐ。けれど、うまく言葉にできず、言い淀んでしまった。

……どう言えばいいのだろう。どう伝えればいいのだろう。

この胸にあふれる気持ち……あふれる光を表現する方法がわからない。

そんな私にハイルド様は目をやわらかく細めて……。

「感じたままでいい。俺も言葉にするのは苦手だ。だから、いい助言ができるわけではないが……。リルが思ったまま、考えたまま。そのまま伝えていい。……俺は、それが聞きたい」

その言葉に私は小さく頷いた。

そして、自分自身で自分の現状を探る。私は、今、どう思っただろう。なにを感じていただろう。それをそのまま言葉にしていいのなら……。私の拙い言葉でも聞きたいと言ってくれるなら……。

「心から……光があふれました」

「光が？」

「はい。……みなさんの関係が……素敵だな、とそう思って。……私の世界が広がっていくような、そんな気持ちになりました」

「そうか」

「……私はここに来てから。心が……たくさん動くと感じます」

「ああ」

「……そういう自分に……慣れなくて。……こうやって、いきなりおかしなことを言ってしまうようです」

ハイルド様に言われたように、自分の感じたままを伝えてみる。こうして言葉にしてみても、やはり、説明というには曖昧で、具体性がまったくない。

そんな私の話をハイルド様は優しく頷きながら聞いてくれる。そして、そっと私に手を伸ばして——

「リル」

「俺はうれしい」

「うれしい、ですか?」

「ああ」

——ハイルド様の温かくて大きな手が、私に触れる。

胸元で握りしめていた私の手をハイルド様の手が覆って……。

「俺の世界もリルがいると広がっていく」

「え……?」

思ってもみなかった言葉に驚く。

まさか、ハイルド様も私といると世界が広がるなんて……。

ハイルド様は私とは違い、すでに広い世界に住んでいる。だから、私がハイルド様の世界を広げることはない。そのはずなのに……。

ハイルド様は私の手を引き寄せると、そっと開いた。そして、そのままハイルド様は私の右手にハイルド様の左手を重ねた。二人でてのひらを合わせるようなポーズになり、不思議に思って首を横に傾ける。

すると、ハイルド様はふふっと笑って……。

「まず、リルと出会うことができて、こんな幸運があるのか、と信じてもいない神に感謝した」

「幸運……」

ハイルド様はそう言うと、てのひらを合わせていた手をぎゅっと握った。私の指と指の間にハイルド様の指が入り、指を絡めるように握られている。握手とは違う握り方が……すこし恥ずかしい。

思わず、残っていた左手を胸の前で握る。

すると、ハイルド様はそんな私の行動がわかっていたのか、右手と同じように、そちらの手も取った。

「リルの笑顔を見て、『花がほころんだようだ』と柄にもなく思った」

「っ花、ですか……」

ハイルド様の言葉は恥ずかしい。逃げるように左手を引いたが、それは叶わず、右手と同じように指を絡ませて、握られた。

そして、優しく、すり、と親指で手を撫でられて……。

「リルが今、なにをしているか、なにを考えているか。……できるなら、苦しみは俺が代われたら、と」

「……え、え？」

先ほどから、ハイルド様の言葉と行動が私の中で容量を超えている。恥ずかしさ、だと思うのだけど、顔は熱いし、胸はドキドキとうるさい。

逃げたいような……。でも、そのまま飛び込んでしまいたいような。

自分のことを自分で制御できなくなるような感覚が、腰から頭の先へむずむずと流れていく。

思わず、喉から「きゅうぅ」と変な音が出てしまった。

これは本当に恥ずかしくて、最初より強い力で慌てて手を引けば、今度こそ、ハイルド様は私の手を離してくれた。

私は自由になった手を、すぐに頬に当てた。自分の熱を下げて、落ち着かせるためだ。

ハイルド様から目を話し、浅く息を繰り返す。すこし落ち着いたあたりで、窺うようにハイルド様を見上げれば、そこにはうれしそうな金色の眼があって……。

「あとは、リルと摂る食事が楽しみでしかたがない」

「あっ……それは、私も楽しみです」

ようやく安心できる話題になり、頬から手を外す。

私もみんなで摂る食事が本当に楽しみだから……。

楽しい場面を想像し、思わず、笑みを浮かべた。

すると、ハイルド様の鋭いはずの金色の眼がとろりと溶けて……。

「リルとの遠乗りも楽しい。街での買い物もあんなに胸が高鳴ることがあるのか、と驚いた」

ふっと笑うハイルド様。その手が私の頬に触れた。

「リルと、もっといろいろなことがしたい」

触れられた場所から熱が伝わってくる。

やっと落ち着いた頬はまた熱くなり、胸がドキドキとうるさく鳴った。

……でも。……だけど、私は。

「……はい」

――身代わりの姉だから。

熱い頬とうるさい胸が私の気持ちを、嫌と言うほど伝えてくる。

ハイルド様に触れられた場所が甘く疼く。

……この気持ちを知ることができてよかった。

なにも手にすることができないと嘆いていた私。

けれど、ちゃんと花を咲かせることができたから……。何度でも花が咲く、と。ハイルド様が教えてくれたから……。

「魔塵のマッチ……。必ず、作ります」

私はそう言って、ハイルド様の金色の眼をまっすぐに見た。


四日目以降も引き続き、魔塵のマッチの製作を続ける。が、やはりうまくいかない。発火しないのだ。魔塵の量や膠の配合を変えてはいるが、もっと根本的な変更が必要なのかもしれない。

その後も魔塵マッチの製作はとくに進展なし。その間に、ハイルド様にもらった青い花の押し花が完成した。ハイルド様と街に行き買った厚紙に貼り、厚紙に開けた穴にリボンを通せば、しおりのできあがりだ。このしおりがあれば……。私はいつでもこの幸せだったときを思い出すことができる。あとは、魔塵のマッチだけ。

魔塵のマッチの試作であっという間に、時間が過ぎていく。

気づけば、私が辺境伯領に来て、もうすぐ二週間が経とうとしていた。

……時間が足りない。

辺境伯領から伯爵領までは馬車で一週間ほど。二週間あれば、伯爵領へと行き、ここへ帰ってくることができるだろう。

きっと、ハイルド様は伯爵領の調査を開始しているはず……。

ここ二週間、ハイルド様の辺境伯としての手腕を見て、それは確信へと変わっていった。

最初に魔物の棲む森でハイルド様が私を助けてくれたとき、騎士は五人いた。が、屋敷にジャック、マチルダ、コニーの三人しかいない。あとの二人はきっと……。

――急がないと。

私の嘘が露見するのも、もう遠くない。今日、明日の可能性もおおいにあった。

伯爵家が王命を違え、妹であるメリルの身代わりとして姉の私が嫁いだことは、必ず白日の下に晒される。

私が話そうと、黙っていようと、ハイルド様であれば、真実にたどり着くだろう。

だからこそ、私は嘘をつき続けることを選んだ。

……ハイルド様は優しい人だから。

私が恐れたのは、私の告白によって、魔塵のマッチの開発が遅れること。

私が妹の身代わりで嫁いだことを知れば、魔塵のマッチよりも、私の状況をなんとかしようとするだろう。

……私はもう十分なのだ。

みんなで囲む食卓。優しい眼差し。温かい手。

本当にたくさん、たくさん渡してもらった。それが心を満たしているから……。

「……燃えませんね」

「ああ。これまでのマッチは摩擦熱で簡単に火が点いた。低温で発火し、自然発火の危険もある。魔塵のマッチはその危険はないが……」

私たちは魔塵のマッチを前にうーんと頭を悩ませていた。

これまでのマッチはどこで擦っても発火する、とても便利なものだ。そして、だからこそ危険性がある。

　魔塵のマッチは摩擦熱では発火しない。だから危険性はないのだが、発火しなければ意味がないから……。

「行き詰まったときは、逆に考えていくのがいいかもしれない」

「逆に考える？」

「ああ」

　屋敷の一室。今は魔塵のマッチの研究室のようになった部屋の椅子に私は座っていた。

　大きな机の反対側にはハイルド様がいて、魔塵のマッチを眺めている。

　ジャックは窓際の小さな机におり、書類などの処理をしているようだ。マチルダとコニーは今はいない。

「……逆に考える……というと……」

　ハイルド様の言葉に、どういうことだろう、と考える。

　つまり……。

「魔塵を摩擦するのではなく、摩擦させるほうにする……？　マッチの軸木につけ燃焼材にするのではなく……」

　これまで、魔塵は膠と混ぜ、軸木につけていた。比率を変えたり、新たなものを混ぜたりもしたが、うまくいっていない。

　ならば――

「魔塵を紙などに接着して、紙やすりのようにする。……そこに、燃焼材を塗布した軸木で摩擦するのは……」

そこまで言うと、ハイルド様がガタンと椅子から立った。

そして、私のそばまで歩み寄ると、ぐっと私を抱き上げる。そして、ぐるりと一回転して……。

「リルは素晴らしいな」

金色の瞳がきらきらと輝く。

そして、はっと気づいたように大きくなった。

これは……魔物の棲む森と同じ。私の些細な一言をハイルド様が聞いて、信じてくれたときと同じ表情だ。

思わず私を抱き上げてしまったハイルド様はしょんぼりしてこう言う。「怖かったな」と。

だから、私は先に言葉を伝えることにした。

「……怖くないです」

……あなたが信じてくれるから。

あなたが喜んでくれるから。

思わず、くすくすと笑うと、ハイルド様は、ほっとしたように息を吐いた。

「……そうか」

二人で見つめ合う。すると――

「あー……お邪魔だとは思うのですが、その、先ほどのリル様の説明、もう一度お願いできますか？」

ジャックが手に紙を持ち、すぐそばに立っていた。

ハイルド様は私をそっと地面に下ろし、私はジャックに思いついたことを説明していく。

そこからすぐに試作に入り、また材木加工所や皮革の加工所、今度は採石場へも足を運んだ。

そうして――

私が伯爵領へ来て二週間。

屋敷の庭で、私はそれを持っていた。

「これが……魔塵のマッチ……」

私が手にしたのは小さな紙の箱。箱の側面は紫色に輝いていた。

木の箱をスライドさせれば、中には青いマッチが入っている。この青い部分は火山から採れた石の粉や洗濯に使っていたさらし粉から作ったものを混ぜ、膠でまとめた。

それを一本取り出し、木の机のざらざらした部分で擦る。

「……燃えません」

青いマッチは、摩擦で青い部分が剥げたが、発火することはない。

私はそれを今度は、マッチの箱の側面、紫色に輝く部分へと当てた。

そして、勢いよく下に向かって擦れば――

「燃えました……！」

ポッと音が鳴り、マッチが大きく燃える。しかし、それは一瞬で、火はすぐに落ち着き、軸木をじんわりと焼いていった。

「やりましたね、リル様！」

「わぁ！　すごーい‼」

「やっと……。閣下から言われたときにはどうしようかと思いました」

騎士たちの声を聞きながら、準備していた焚き木にマッチを投げる。

マッチはおがくずに燃え移り、そこから出た炎が薪を燃やしていった。

その炎を見ると、胸がぎゅっと熱くなった。

「ハイルド様……！」

「リル、できたな」

隣を見上げれば、ハイルド様は「ああ」と頷いた。

「自然発火はしない。有毒ガスも発生しない。これがあれば、火付けの作業が大幅に楽になる。

みな、喜ぶ」

「……はい」

利用価値がなかった魔塵。

なんの役にも立たず、なにも残さず……ただ消えていくだけの存在だった。

私の姿を重ねたそれが、今、人々の役に立つものへ変わろうとしていて……。

「……ハイルド様。お願いがあります」

「どうした？」

「あの、花の咲く丘に連れて行ってほしいのです。……伝えたいことが、あります」

焚き火の炎に当たりながら、私はそうハイルド様に伝えた。

ハイルド様は了承してくれ、夕方には、丘へ向かうことができた。

青い花の咲く丘は、一度目と同じようにとてもきれいだ。

一度目と違うのは、空の色。きょうは夕焼けでオレンジ色に染まっている。

そして、もう一つ違うのは、私の髪色。銀色になった髪が風にそよそよと揺れた。

「リル。これを受け取ってほしい」

丘に着き、馬から降りたハイルド様は私に一冊の本を渡した。

これは……？

「ここを読んでくれ」

ハイルド様はそういうと、本のしおり紐を使い、本を広げた。

そこに書かれていたのは……魔塵？

「これは魔物についての生態を書いた本だ。そしてここには魔塵のことが書いてある」

ハイルド様が指差した場所を目でたどり、内容を読んでいく。

『魔塵に利用価値はなく、燃やして破棄をする』。それはハイルド様が説明してくれた通り。でも、その下に手書きで文が書き足されていて……。

「『魔塵は、長らく利用価値はないと思われていたが、現在では安全なマッチの材料として広く普及している』……これは……？」

「この本はじきにその文が追加される」

ハイルド様の言葉はわかる。わかるけど理解できなくて、ハイルド様と本との間で視線が交互に動く。

ハイルド様はそんな私を見て、やわらかく微笑むと、そっと告げた。

「ここには、あなたの名前が載る」

「わ、たしの……」

「そうだ。発案者である、あなたの名前だ」

ああ……なんて……。

なんて幸福な言葉だろう。

家族の愛がほしいと溺れ、なにも残せないと嘆き、なにも手に入れられない悲しみと痛みに泣いていた私が……。

そんな私に……この人は……。

「……ハイルド様、私は嘘をついていました」

ありがとう。たくさんの愛を渡してくれて……。

ありがとう。たくさんの色を教えてくれて……。

なにも返せなくて、ごめんなさい。

なにも返さなくていいと、あなたは言うのだろうけど……。

でも……。せめて、魔塵のマッチが……。ここ辺境伯領で役に立ち、あなたの幸せに繋がってくれればいい、と。

「ここに嫁ぐはずだったのは……。伯爵家が勅書にて輿入れすることを伝えられたのは――『メリル・エバーランド』」

だから……さよなら、です。

「『メリル・エバーランド』は私の妹」

『エバーランドの宝石姫』。美しくだれからも愛される妹。

そして、私は――

「私は妹の身代わりでやってきた、姉なのです」

告白は、別れの挨拶になった。

私が姉であることを伝えようと決めたのは、一度目にこの丘を訪れたとき。

魔塵のマッチの製作を急いだために遅くなってしまったが、ようやく伝えることができた。

――私はここから出ていく。

――そして、伯爵家にも帰らない。

ハイルド様に魔物から助けられたとき、私はどこかで一人で生きていこうと決めていた。

けれど、助けてくれたのが辺境伯、ハイルド様だったこと。勅書を見られたことで、私はまた家族の愛に取り憑かれた。

そんな私に、ハイルド様も……みんなも……。たくさんの愛を渡してくれて……。

――私はもう、一人でも大丈夫。

この胸にはたくさんの愛があるから。

ハイルド様に見つけてもらった花はたしかに私の心にある。

押し花をお守りに……。

私は、この足で歩いていくのだ。

そんな私の決意の告白にハイルド様は――

「そうか……」

と一言だけ返した。

丘に吹いた風が、青い花をそよそよと揺らす。

もしかしたら……驚きや、動揺で言葉がすぐに出てこないのかもしれない。

エバーランド伯爵家が王命を違え、妹ではなく姉を輿入れさせるなんて思ってもみないことだろう。

そう考え、ハイルド様の言葉を待つ。

……だが、ハイルド様からの返事はない。

「あの……」

そっと、ハイルド様を見上げると、その瞳は――

「ハイルド、さま……？」

――さみしそうに微笑んでいた。

なぜ、ハイルド様がこんな表情をするのだろう……。私の嘘が……ハイルド様を悲しませてしまったのだろうか。

その途端、胸がぎゅうっと締め付けられた。

そして、思わず手を伸ばし、ハイルド様の頬に手を当てる。

すると、ハイルド様はその手にそっと自らの手を重ねた。

「すまない……。こんな風になるつもりはなかった」

「いえ……、きっと私の嘘にがっかりされたのですね……」

ハイルド様は私の告白を聞いて、怒ったり、罵ったりはしなかった。

……そうだろう、と思う。

ハイルド様はそんな方ではないことは、よくわかる。

だから……落胆したのだろう。

ハイルド様は私を信じてくれていた。

信じた人間が嘘をついていたら……それはきっと、悲しい。

ハイルド様のことを想像し、言葉をかける。けれど、ハイルド様は首を横に振った。

「違う。俺は……ただ、あなたの名を呼べていなかったかもしれない、と」

「私の名、ですか……？」

思ってもみなかったことに、目を瞠る。

すると、ハイルド様は「ああ」と頷いた。

「俺があなたの名前を呼んだとき、たしかにあなたが喜んでくれたと思った」

「……はい」

「だから、名をたくさん呼ぼうと決めていた。だが、それはあなたの負担になったかもしれない」

ハイルド様は……。私の告白を聞いてブレるような人ではない。

なぜ嘘をついていたかとか、嘘をつかれて悲しいとか、そういうことでこんな表情をする人ではなかった。

私の想像なんて軽く飛び越えていく。

ただそこにある事実を認め、できなかったことを考える。

だから、ハイルド様には私が告白をした理由がわかったのだろう。

……私が、別れの挨拶をしたことを。

「あなたは今、ここを出ていこうとしている」

「……は、い」

「一人で生きていこう、と。……その姿はとても美しいと感じた」

ハイルド様はそう言うと、頬に当てていた私の手を動かした。

私の指先を包み込むようにし、ハイルド様はその場で跪《ひざまず》く。

オレンジ色の夕焼け。

夕日に照らされる丘。そこに咲く一面の青い花。

そして――

――私を真摯に見上げる金色の鋭い眼。

――鮮やかな赤い髪。

「……俺に、機会がほしい」

「機会……ですか？」

「ああ。恋しい人の名を知り、口説く機会だ」

もうそこに、先ほどのさみしそうな表情はない。

代わりにあるのは……熱。

包み込まれた指先も、見つめ合う瞳も。全部、燃えてしまいそうだ。

「あなたの名は？」

「私の名は……」

いつも……何度も……ハイルド様は私の考えを超えていく。

一人で決めた『こうしよう』ということを、簡単に飛び越えて……。

魔物の棲む森で死のうとした私を助けた。

これまでの自分を捨てて生きていこうとした私を、私のままで留めた。

なにも力がないと嘆く私の力を信じた。

家族の愛に囚われていた私を解き放った。

そして――

私の名を聞く。

あなたはだれか？　と。

私は――

妹と一文字違いの、だれも呼ばない名。

「――シェリル」

あとから生まれた妹に『リル』という愛称さえ奪われた、なにも持たない姉。

「シェリル、です」

父母の期待通りに生まれなかった私。名前は前もって決まっていたようで、『シェリル』という名になった。

けれど、父母はそれをやり直すように、妹に一文字違いの『メリル』という名をつけた。そして、『リル』と愛称で呼んだのだ。

だから、ハイルド様やみんなに『リル』と呼ばれてうれしかったのも本当だった。呼ばれるはずがなかった愛称を呼んでもらえたから……。

ハイルド様はそんな私の名前を聞いて……。

「そうか。……これでやっと、あなたの力になれる」

本当にうれしそうに笑った。

もう……もう、たくさん渡してもらったのに。こんなにもたくさんの愛をくれたのに。

「シェリル。俺はあなたが好きだ」

まっすぐに伝えられた言葉に血が沸騰しそうになる。

でも、それを必死で抑え、言葉を紡ぐ。

この熱に飛び込みたい。けれど……私は……。

「わ、たしは……私は、弱い、です」

「俺はそう思わない」

だって……私の選択はいつもうまくいかない。

ハイルド様だから……。ハイルド様が何度も乗り越えてくれたから……。だから私は……。

「私は家族に都合よく使われた姉です。『死ね』と言われて本当に死を選ぶような……。そして、生き残ったときは名を捨てて生きていこうとしました。でも、それも叶わず、ハイルド様に嘘をつき、こうして過ごしていたのです」

私がどれだけ弱い人間か。

自分で言葉にしながらも、それが酷く悲しい。

ハイルド様は私の言葉を最後まで聞いて……そして、私を真摯に見つめる。

「では、シェリル。妹がここに来なかったのはなぜだ？　王命を違えたのは？」

「それは……」

冷酷だと噂のあったハイルド様を怖がったのだ。そして、魔物の棲む森があるこの辺境伯領を怖がった。

でも、それをハイルド様に伝えることはできず、口籠る。

するとハイルド様は「わかっている」と呟いた。

「妹は俺を怖がったのだろう。そして、この地を嫌った」

「……」

「そして、あなたも怖くなかったわけではないはずだ」

「……私は……魔物の棲む森や、魔物に……興味がありました」

「ああ。だが、それは真実の一つであって、すべてではない。……恐怖だってあったはずだ」

ハイルド様に言い当てられ、それに言い返すことができない。

恐怖が……なかったわけではないから。

「それでも、あなたがここまで来たのは――」

ハイルド様は金色の瞳で私を見つめた。

私を……。私の力を信じてくれる。

「――家族を守るためだ」

そう……なのだろうか。

私はただ家族に都合よく使われ、反抗する心も奪われ、なにも考えることができず、ただ父に言われるままにここに来た、どうしようもない姉ではないのだろうか。

……きっとそれも真実。

でも、ハイルド様はそうではない私を信じてくれる。

「シェリル。俺はあなたを強いと思う。妹を守るために、王命を違えてまで……。死を決意してまで、こんな辺境まで来ることができる。そして……。あなたは悲しみや苦しみで涙を流すことはあったが、一度も、両親や妹のことを悪く言わなかった」

　ハイルド様が……そう言ってくれるから。

　私のこれまでを認めてくれるから……。

「あなたと同じような仕打ちを受けたとき、あなたと同じような選択ができる人間がどれほどいるだろうか。俺は……あなたは強い人だと思った。そして、そこまで愛されている家族はなんと幸福なのだろう、と」

　なにも持っていなかった『シェリル』が輝き始める。過去も含めてすべて。

　愛されたいと願う私が。……ほかのだれでもない、『シェリル・エバーランド』のまま。

「俺はあなたを愛している」

「は、い」

「俺はあなたとともに生きていきたいと思った。だから、あなたに愛を向けてもらえるように努力している最中だ」

　努力なんて……。ハイルド様がする必要はないのに。

　これだけたくさんの愛を渡してくれた。だから、同じだけ返してほしいと、ただそれだけで私は頷くのに……。

「屋敷から出ていきたいというのならば、それを阻むことはしない。だが、危険がないように、あなたが一人で生きるための援助をさせてほしい」

『だから、愛せ』と。

……でもきっと、ハイルド様はそう言わない。

私が自分の意思で、自分の心で、ハイルド様に愛を渡す。それをじっと待ってくれるのだろう。

「……それで、なんだが……」

ハイルド様は急に声のトーンを落とした。

どことなく、しょんぼりして……。

「こんなことを言うのは情けないが……」

金色の鋭い眼が、珍しくすこしだけ垂れている。

ハイルド様もこんな表情をするのだ、と思わず見つめてしまう。

すると、ハイルド様はすこし目をさまよわせて……、私をぐっと見上げた。

「もしよければ、シェリルが住む場所に俺が訪ねていくのを許してほしい」

「訪ねるのを……？」

「……食事に誘ったり、遠乗りに誘ったりもするかもしれない」

「食事や遠乗りに……」

「そしてまた……こうして愛を乞うと思う」

ああ……。そうか。

私が一人で生きると決め、屋敷を出ても……。ハイルド様は私に会いに来てくれる。

そして、また……こうして……。

「それは……」

……なんて幸せなことだろう。

私の嘘をすべて受け止め、出ていくと言う私を拒まず、それでも追いかけてくれる。

「……魔物の棲む森でも、来てくれますか？」

家族は来なかった。

私の待ち人。

もし、私の待ち人がハイルド様であれば……。ハイルド様は……。

「もちろんだ。何度でも」

金色の瞳が私を射抜いた。

「シェリル」

「は、い」

「シェリル」

「はいっ……」

私の名は。こんなに甘く響く。

私の名は。こんなにも幸福を呼ぶ。

「愛している」

ハイルド様はそう言うと、そっと私の手の甲に唇を近づける。

そっと触れられれば、そこから体すべてに熱が伝わって……

「──俺の妻になってくれないだろうか？」

もう……。私にはもうなんの言い訳も残っていない。

私はこの熱に飛び込んで……。愛したいのだ。ずっとずっと……この人を。

「──はい」

跪いているハイルド様にぎゅうと抱きつく。

そして、ハイルド様はそっと私を抱き返した。

──魔塵のマッチの権利者として、書いた名は『シェリル・ナイン』。

私がハイルド様の妻として……。ナイン辺境伯夫人として、最初にサインした書類だった。

幕間四　ハイルドの祝宴

「やりましたね！　閣下！」

「よっ！　さすがは我らが辺境伯閣下！」

「よかったねー‼」

俺の部屋へと意気揚々とやってきたみなが歓声を上げる。

ジャックはワイン瓶、マチルダは三人分のワイングラスを手に持っており、コニーはナッツを載せた銀製のプレートを持っていた。

どうやら、ここで酒宴を開くようだな……。

一人掛けのソファにそれぞれが座り、机の上へ持ってきたものが並ぶ。

ジャックはワイングラスにワインを注ぎながら、ははは っと笑った。

「閣下の魅力はわかっていると大風呂敷を広げたものの、本当に閣下の魅力だけで、リル様がここに残ってくれるのか……。閣下を見ていると大丈夫だと感じるんですが、一人になると怖くなったものです」

「……そうだったのか」

まさかジャックがそこまで心配してくれているとは。

マチルダもジャックの言葉にうんうんと頷いた。

「閣下の魅力はわかっていますが、果たしてそれが女性に通じるのか。リル様は聡明な方だからきっと伝わる、見抜いていただけると思っていましたが、それでも、やきもきしましたよ！」

「そうだよねー……。二人とも思い合っていそうなのに、魔塵のマッチのことばかりで、完成したらリル様、本当に出て行っちゃうんじゃないかって……」

コニーが自分用に持ってきていたらしい、ジュースの小瓶を開ける。

三人には本当に支えてもらったと思う。

俺は改めて三人へ視線を向けた。

「みながいなければ、俺たちはすれ違うことがあっただろう。ありがとう」

そう言うと、三人は首を横に振った。

「もったいない言葉です。閣下が身を固めてくれると、私たちが助かる。そういう思いからのものです。自分自身のためですので」

「そうですそうです。閣下が独身ではなくなること。それが私を救います」

「僕は閣下が幸せならうれしいですー！」

あんまりな言葉だが、ジャックとマチルダを見ていれば、自分のためだけではないことはすぐにわかる。

コニーはまっすぐで、にこにこと笑顔だ。

「ジャック。魔塵のマッチ製作のための資料や材料など、煩雑な仕事を頼んだが、すべて抜かりなく進めてくれた。魔塵のマッチの権利についても、つつがなく収めることができた。さすがだな」

「ええ、ええ、そうでしょう。私は辺境伯付きの筆頭騎士ですので」

俺の言葉にジャックは破顔し、頷く。そして、気分良さそうにワインを一気に飲み干した。

「マチルダ。騎士の身分を与えているのに、貴族女性の侍女のような役割を求めてしまった。それでも、彼女に寄り添い、その朗らかさで俺たちをいい方向へ導いてくれた」

「ほ、朗らかさ、です!? あ、いえいえ、そんな……っ」

マチルダはええ!? と目を瞠ると、顔をボッと赤くした。そして、それを誤魔化すように、ワインをちびちびと口に運ぶ。

「コニー。従騎士としてそれぞれの騎士の補佐に当たりながらも、俺の恋愛の師として助言をくれた」

「僕が閣下の師ですかー……。ちょっと逆に怖いです」

コニーは笑顔から一点、真顔になった。……怖い、だろうか。

すこし落ち込み、肩を落とす。

すると、ジャックがぐしゃぐしゃと俺の頭を撫でた。

「本当は私たちが閣下へ助言ができればよかっただけです。それに、正直言えば、閣下に師は必要ないとも感じました」

「うんうん！　僕もそう言いたかったんだー！　だって、閣下、十分すごかったよ！」

コニーが興奮したように、手を挙げる。なにかを思い出したようで、顔が赤くなっていた。

「魔塵のマッチを作っているときに、閣下ってばすぐにリル様と甘い雰囲気になって、僕、ドキドキしちゃった……」

「そうか？」

そうだっただろうか。はて？　と首を傾げると、マチルダが「がぁ！」と吠えた。

「同じ部屋にいて、空気になるの大変だったんですからね！　あの、いきなり指を絡ませて、手を握ったときはどうしようかと思いましたよ！　退室する？　いや、でもそれも不自然だし……。とりあえずコニーの目を塞ぐ？　と！」

「僕、恥ずかしくなって、ひゃー！　って言いたくて、でも、二人の空気を壊したくないから、口を手で覆って大変だったよー！」

マチルダとコニーに言われて、いつの場面か考えてみる。が、どのことを言っているかわからない。手は何回か繋いだが……。

「無意識……。無意識にあれをやっているから、覚えていないんですね……」

「僕、こんなにすごい閣下の師なんて無理ですー……」

マチルダとコニーが呆れたように俺を見た。

ジャックは新しく注いだワインをぐいっと一気に飲み干してから、なにかを思い出すように顎に手を添えた。

「たしかに閣下とリル様が会話をしていると、ときどき入っていいかわからないときがありました。が、二人が言うような、指を絡めて手を握る場面に覚えがないですね」

「あ、そうだな。たしかにジャックはいなかったかもしれない」

「ジャックさんは部屋を出ていたかもー」

「それは惜しいことをしました。ぜひ閣下の手腕を見たかったですね」

そう言って、みんなでこれまでのことを思い出しながら、話をしていく。

いろいろとあったが、うまくいった……のだろう。酒も進み、みな笑顔だ。

あとは、みなに伝えないといけないこと。それは――

「それで、リル……シェリルの話なんだが」

「「「シェリル？」」」

俺の言葉にジャック、マチルダ、コニーの三人の声が重なる。だれだそれは？　と表情が語っていた。

俺はそんな三人を見て、ゆっくりと告げた。

「リルは……本当の名は『シェリル』と言うらしい」

俺の言葉に、三人は一度、視線を交わし合った。そして、首を傾げながら俺を見る。

「本当の名、ですか？」

「というと、リル様は……愛称だった？」

「……でも、リル様は『リル・エバーランド』だって名乗っていたよねー……」

そう。これはシェリルの本当の名、というだけの問題ではない。シェリルの境遇、そして……。

「勅書は魔物の根に貫かれ、見えなくなっていた。そこで『リル・エバーランド』と読めたようだ。シェリル曰く、本当に書かれていた名は『メリル・エバーランド』」

「『メリル・エバーランド』……。え？　待ってください、でも、リル様の本当の名は『シェリル』なんですよね⁉」

「ああ。……シェリルは、本来であれば、ここに嫁ぐはずではなかった。嫁がなければならなかったのは、妹の『メリル』。そして、シェリルは――妹の身代わりで嫁いできた姉だ」

俺の言葉に三人は絶句した。

「それは……伯爵家は王命を違えた、ということですか？」

ジャックの言葉にゆっくりと頷く。

そして、三人に、シェリルから聞いたことを説明していった。

シェリルが伯爵家で冷遇されていたこと。辺境伯領へ嫁ぐのを嫌がった妹の代わりでここまで来たこと。……魔物の森で死のうとしていたこと。

途中から、コニーは泣き出してしまい、マチルダも目に涙を溜めた。ジャックは……冷静な顔をしているが、これは心で烈火のごとく怒っているだろう。

「閣下……。リル様を必ず幸せにしましょう」

ジャックは言葉に似合わぬ低い声でそう言った。

「本来であればエバーランド伯爵家を潰したいところですが……」

……正直なところ、俺はジャックに賛成だ。

だが、今はこちらから動くときではない。

「シェリルが妹の身代わりで嫁いできたことを俺は非難しない。むしろ、シェリルでよかったと思っている。それは伝わっているな」

「「はい」」

「王命については、俺が動けば、なんとでもなる。国は辺境領に手出しはできない。魔物の棲む地下迷宮を管理できるのが俺しかいないからだ」

「「はい」」

「――シェリルを奪わせない。だれにも」

「「はい！」」

シェリルが俺のもとを去る理由は、それはただ、シェリルの意思のみ。それ以外のものはすべて壊す。

「伯爵家へ行ったエドとゴランが帰ってくる。情報を集め、備える」

俺の言葉に三人は神妙に頷いた。そして、コニーがぼそりと呟いて……。

「……もう、リル様の笑顔が曇るのはやだな」

「そうだな……」

コニーの言葉に俺はぎゅっと眉を顰めた。

本当はなにもなければいい。このままシェリルを奪おうとするものは現れず、幸せな日々が続くならば……。

「シェリルはここの暮らしが楽しいと笑う。……新しい世界が広がる、と」

シェリルの笑顔を思い出せば、心が明るく輝く。

「たくさんのことをシェリルとできればいい」

「そうです！　リル様と閣下はようやくここからが始まりです。まだ、リル様の部屋の変更も終わっていません」

「部屋の変更？」

ジャックの言葉に、はて？　と首を傾げる。すると、ジャックは「ええ、ええ」と頷いた。

「リル様は今、客間にいらっしゃいます。今回、閣下と思いを交わし合ったということで、辺境伯夫人としての部屋へ移動してもらうのがいいだろうと考えていたのです」

「そうか……」

「閣下の部屋の隣になります。……そういえば、閣下の寝室と扉一つで繋がった寝室でリル様が眠ることになりますね」

俺とシェリルの寝室が隣。しかも扉一枚で繋がっている。

ジャックは話しているうちにそれに気づいたようで、うーんと頭を抱えた。

「お二人は思いを交わし合ったのだから、それでいいと思いますが、……いいんでしょうか？」

「いや、私に聞かれても困る。なにもわからない」

ジャックが困ったようにマチルダを見ると、マチルダは手を横に振り、ジャックの視線を拒否した。

「……怖くないだろうか」

シェリルが隣の寝室で眠ることは、もちろん俺は歓迎だ。なにかが起こったときにすぐに対応できるし、シェリルの安全も確保しやすい。

だが、シェリルはどうだろう。

扉一枚隔てただけで、そこに俺が眠っている。いつでも開く可能性がある扉があるというのは怖いのではないだろうか。

俺の言葉にだれも返さない。

ジャックは新しく注いだワインを一気に飲み干し、マチルダはちびちびと飲む。二人とも俺と目が合わない。

そんな中、コニーがおずおずと言葉を発した。

「……鍵をつけるのはどうでしょうかー」

「……鍵、か」

「はい。リル様のほうにですね、付けます。そうすれば、リル様は自分の意思で自由に出入りできて、閣下は鍵が閉まっていたら、リル様の意思ということで尊重すれば……。どうかなー？」

「なるほど」

コニーの言葉に頷く。

たしかにそれが名案に思える。もし、シェリルになにかあったときは扉を壊して入ればいい。

安全の確保はできるだろう。

「そうですね。実際の閣下は鍵なんて関係なく壊せるでしょうが、リル様の意思確認としてありかもしれません。わかりました、手配します」

「私にはわかりませんが、きっと、なにもないよりいいと思います」

ジャックの言葉にマチルダが「うんうん」と頷く。

「では、私たちはリル様が寝室の扉の鍵を開けることができるよう、閣下とリル様を応援するということで」

「そうだな！　それでいこう！」

「なにもできませんが」

「なにもできないですか」

ジャックが励ますように俺の背中を叩き、マチルダがはははっと笑う。

コニーはナッツを食べて、にこにこと笑顔だ。

俺たちの願いは一つ。本当にこうやって笑って過ごせるような日常が過ぎればいい、と。

俺たちの心にある懸念、それが現実のものにならなければいい、と。

「次はシェリルとも……こうして酒宴ができればいい」

俺の言葉に三人は笑顔で頷いた。


が、そんな俺たちの願いは叶わず。

一週間後。エバーランド伯爵家から訴状が届いた。
――伯爵家の長女・シェリル・エバーランド。王命を違え、みなを騙している、と。

第五話 ✣ 手放す勇気

ハイルド様の妻として、温かな日々は続いていく。

——はずだった。

だが、それは長くは続かなかった。

辺境伯領に……告訴状が届いたのだ。

書かれていた内容は——

本来なら妹が輿入れするはずだったのを、姉である私が自ら偽り、横取りしたという訴え。

ハイルド様と私の結婚取り消しの要望と、王命通りに妹を娶《めと》ることの要請。

そして、私は伯爵家へと帰り、魔塵のマッチの権利を伯爵家のものとすることの要求だった。

『お前が代わりに死ね』と言われて、その通りにした私の家族への愛。

ハイルド様という、温かな男性に出会えた運。

魔塵のマッチを作るために、一緒に考え、行動した時間。

ようやく手に入った、愛にあふれた日々。

それらすべてを奪う書状だった。

「ハイルド様……」

ハイルド様の私室。渡された書状を手に、私は目の前が暗くなっていくのを感じた。

ハイルド様と思いを通じ合わせたのは一週間ほど前。

私は客間から、主寝室の隣の部屋へと移動した。そこは正式な妻の部屋だ。

ここに移るとジャック、マチルダとコニーに伝えたとき、みんなは歓声を上げて喜んでくれた。

そして、程なくして、エバーランド伯爵領から二人の騎士が帰ってきた。

若い青年の騎士エドと、年嵩の騎士ゴランだ。

二人はハイルド様に言われ、この輿入れがどういう経緯で行われたか、『宝石姫』がどのような人物かなど、伯爵家について調べていたらしい。

やはり、私が妹の代わりに嫁いだことは、すぐに露見することだったのだ。

二人は最初、私を見て「「あー！」」と声を上げた。そして、私とハイルド様を見て「「えー？」」となり、今では私が『シェリル』のまま、ここにいることを支持してくれている。

二人は伯爵家での私の扱いを知っているようで、この告訴状にも思うことがあるようで――

「こんなものを寄越すなんて……あの、伯爵家は本当に……っ！　ああ、シェリル様の顔がこんなに曇って……！」

長い髪を一括りにした若い青年の騎士、エドはため息をついて、顔を覆う。

「本当に……調査通りのやつらだな……」

年嵩の騎士のゴランはそう言うと、拳をポキポキポキと鳴らす。

ジャックとマチルダ、コニーも部屋にいて、心配そうに私を見ていた。

「シェリル。この書状をあなたに見せたのは、あなたにも知る権利があるだろうと思ったからだ」

「……はい」

「これは正式な告訴状の体裁をとっている。内容は酷いものではあるが、突飛でだれにも信用されないというものではない」

「はい……」

そう。この告訴状は私にとってつらい内容が書かれている上、一笑して終わりというようなものではない。

訴えられているのは、辺境伯領主であるハイルド様。そして、訴えたのはエバーランド領主の伯爵だ。

国王が伯爵側を支持し、訴えを認め、ハイルド様に命じれば、父の考え通りに動かなければならない。

訴えに対し、返答を準備して戦う必要があるが、今はまだショックのほうが大きく、頭がうまく回らなくて……。

「シェリル、なにも問題はない」

そんな私を、ハイルド様はそっと抱きしめてくれる。

「……この訴えを棄却できる準備はできている」

「そう……なんですね……」

「あなたの家族が、このまま俺とシェリルのことに手出しをしないならば、どう動くかは俺も考えようと思っていた。……シェリルに心労をかけたくない」

「はい……」

「だが、こうなってしまっては、やはり戦うしかないだろうと考えている」

「……はい」

家族のこと……そのままにしておこうと思っていた。

私はハイルド様のもとに輿入れするという幸運を手にし、ハイルド様とともに生きていく道を選んだのだから。

放っておいてくれればよかったのに……。

家族はそれも許してはくれない。

「魔塵のマッチはすでに陛下も使用され、非常に喜ばれている。その権利がシェリルにあることも伝えた。貴族たちへも広がり、エバーランド伯爵もそれを知ったのだろう」

「……そして、それがほしくなったのですね」

私が作ったものであれば、伯爵家に権利がある、と。

父母であれば、たしかにそう思うはずだ。

「告訴状にはシェリルが自分を偽り、婚姻したとされている。そして、それは誤りであるから、勅書の通りに妹を娶れ、と」

「は、い」

「これは俺に関係のあることだ。俺はシェリルだから選んだ。シェリルがここに輿入れした経緯についてはあなたから聞き、さらにエドとゴランが調べた情報もある。俺は、もう二度と伯爵家はそんなことを言えないようにするつもりだ」

ハイルド様の鋭い金色の眼。それがぎらと光った気がした。

そこにあるのは……怒り。

ハイルド様は一瞬現れたそれをすぐに消すと、私を見つめ、言葉を続けた。

「魔塵のマッチについては、シェリルに権利がある。シェリルが伯爵家のものにしたいと思えば、それで構わない」

「……いいのですか？」

驚いて目を瞠る。

ハイルド様はそれに当然のように頷いた。

「魔塵のマッチの権利はシェリルが持っている。どう扱うかはシェリルが決めることだ」

「はい……」

「俺やジャック、ほかの騎士たちもシェリルの相談に乗るし、必ず力になる」

ハイルド様の言葉に、不安で凍えていた心が溶かされていく。

大丈夫だ、と。そして、自分のことは自分で決めていいのだ、と。

だから、自分で考える。

私がやらなくてはならないことを。みんなに相談しなくてはいけないことを。

「……父は魔塵のマッチの権利でなにをするつもりなのでしょうか」

その権利を得たとして、伯爵家では魔塵のマッチは作れない。

魔塵は魔物からしか採れず、魔物は辺境伯領にしか棲んでいないのだから。

ただ、妹が辺境伯領に輿入れし、私が伯爵家に帰り、権利を伯爵家のものにするということならば、魔塵は縁を繋いだ辺境伯領から仕入れ、製造を伯爵領でするつもりなのかもしれない。

「あー、それについてですが、伯爵家は従来のマッチをより広めようとしているようで、すでに工場の建築に入っているということです」

考えながら質問すると、伯爵家に調査に行っていたエドが「はい！」と挙手して、情報をくれる。

私はその言葉に、ふぅとため息が出た。

「従来のマッチは……製造工程で有毒ガスが出るから危険だ、と……。あれほど伝えたのに……」

従来のマッチを普及したい父に、何度も進言した。使用する際に自然発火する危険があるのはもちろんだが、製造の際に出る有毒ガスは労働者を苦しめる。

まさか、それを伯爵領でやろうとしていたなんて……。

だが、今ならまだ間に合う。

すでに工場の建築をしているのならば、多額の資金が動いたはずだ。それを魔塵のマッチの製造に切り替えるために、この告訴状を送ってきたのだろうか。

「……ハイルド様、一つだけ、父に確認をしてもいいでしょうか」

「ああ。シェリルが聞きたいことであれば、聞くべきだ」

「はい。そして……決めようと思います」

父に尋ねよう。魔塵のマッチの権利の使い方を。

もし、伯爵家で製造をしたいというのならば……。ハイルド様と相談して決めよう。

父と娘。そのような関係だから、うまく物事が運ばないこともあったのかもしれない。

辺境伯夫人として……。権利を持った一人の女性として接すれば、あるいは……。

「シェリル。俺はあなたの考えと意見を尊重する」

「はい」

「だが、同時に、あなたの家族については、あなたとは立場が違うということも伝えたい」

「……そう、ですね」

「俺は……端的に言うと、非常に怒っている」

ハイルド様がそう言うと、周りにいた騎士五名も一斉に頷いた。

「俺はシェリルが大切だ。だから……このような、シェリルの意思を無視し、物のように扱うことに、本当に憤っている」

鋭い金色の眼がぎらっと光る。

周りにいた騎士五名もぎらっと目を光らせた。

「優しく、穏やかで聡明なあなたに付け込み、搾取し続ける。そして、甘えた雛鳥は口を開けたまま、肥え太っている」

ハイルド様はそこまで言うと、そっと私の体から距離をとった。

そして、私を見つめる。

「シェリルが……決断をしたとき。俺はあなたが思っているよりも苛烈なことを行うだろう。俺が行うことは、あなたが望んだことよりも、結果として、重大なものになるかもしれない」

金色の瞳が不安そうに揺れた。

「そんな俺を見て……俺が噂通りの人物だったと知るだろう。……俺を怖いと思うかもしれない。それを先に伝えさせてほしい」

「……わかりました」

……ハイルド様は誠実な人だ。

きっと、私に告訴状を見せなくても、私の意思など確認しなくても。ハイルド様であれば、父なんて簡単に失脚させることができるだろう。

私がなにも知らないまま、ハイルド様の苛烈な姿を見ることもないまま、私は今まで通りの日常を過ごすことができる。

けれど、ハイルド様は……。

私に関係のあることだからと説明をしてくれる。そして、私に見せたくない姿でも、こうして見せてくれる。

そんなハイルド様だから、私は……。

「しっかりと見ます。家族の姿を」

逃げずに。自分の決断を……。

しっかり頷くと、ハイルド様はほっとしたように息を吐いた。

「では、これから忙しくなるぞ。——舞台は一か月後だ」

ハイルド様がそう言うと、騎士五名が「はっ！」と敬礼をした。

「みなには通常業務以外も頼むことが増えるだろう。そして、シェリル。あなたには俺からドレスを贈らせてほしい」

「ドレス、ですか？」

「ああ。シェリルがもっとも美しくなるドレスを一緒に選ぼう」

ハイルド様はそう言うと私をぐっと抱き上げる。

「俺が娶ったのは、たしかに『宝石姫』なのだ、と。陛下にも貴族たちにも……シェリルの家族にも」

鋭い金色の眼がぎらっと光った。

「——全員に認めさせる」

一か月後。私とハイルド様、騎士五名は王宮へと訪れていた。

今日はパーティーがあり、その後、告訴状についての審議がある。

普通ならばパーティーのあとにやるようなことではないが、どうせならばたくさんの貴族が集まる場所で一度に終わらせたほうがいいだろう、とハイルド様と国王が考えたようだった。

「シェリル、きれいだ」

「あ、りがとうございます」

馬車から降り、パーティー会場へと向かう。

今日のドレスは白から青へと変わるグラデーションのドレス。金糸で刺繍が施されている。

銀色の髪はまとめても流しても美しい、と、今日は半分だけ編み込んだハーフアップになっていた。

「ハイルド様も、とても素敵です」

「シェリルにそう言われると、うれしい」

私の言葉にハイルド様が微笑む。それだけで胸がぎゅうとして、くらくらとしてしまった。

いつもの制服よりも装飾が多いのは、礼装用だかららしい。

黒地にポイントとして入れられた臙脂《えんじ》色。さらに金の飾り紐やボタンなどもとても美しい。

先ほどからすれ違う人がぽーっと見惚れているように見えるのは、きっとハイルド様が素敵すぎるからだろう。

「なんて美しい……。あれがナイン辺境伯に輿入れしたエバーランド伯爵家の……」

「ああ、だがこれまで見たことがない」

「エバーランド伯爵家は一人娘ではなかったのか……」

「あんなに美しければ、隠しておきたくなるのも無理はない」

ホールに入って聞こえてきたのは、貴族たちの視線と、感嘆の声。ハイルド様はそれに当然のように頷いている。

ずっと家にいた私は、こうして社交の場へ出るのははじめてだ。

マナーの本を読み、想像し、一人、部屋で練習はしていた。そして、最近ではハイルド様が隣の領に依頼し、マナーの教師もつけてくれた。

だから、大丈夫……。そう思うけれど、やはり心は竦む。

そんな自分を奮い立たせ、背筋を伸ばし、前を向く。

私はハイルド様の隣に立っていたい。それにはここで、王命を違えていないと証明しなければならない。

ハイルド様と関係のある人たちと挨拶を交わすと、そろそろダンスが開始するようだ。

私たちはまだ、国王に挨拶をしていない。

ダンスのあとにしたほうが効果がある、と。ハイルド様はそう言ったのだけど……。

そうして、曲が流れ出し、ダンスが始まる。

ハイルド様の一歩一歩は大きいから、とても豪快なダンスになる。

それについていくのは大変だが、自分の力で立ち、ハイルド様に支えてもらうと、しっかりと踊ることができるのだ。

一人の部屋で想像していたダンス。マナーの教師と練習したダンス。

それが全部、ここに繋がって……。だから、今日、だれよりも大きく動ける。

ああ……今日は……きらきらが多い。

シャンデリアもみんなの服装も。全部が輝いている。

「シェリル」

「ハイルド様」

ハイルド様の合図で、私の体は空中へと持ち上がった。

私はきれいな姿勢を保てるよう、体の中心に力を入れ、そのまま回る。

これはハイルド様が喜んだときにやるクセみたいなもの。

それをダンスに取り入れるなんて、思わなかったけれど、マナーの教師も、騎士たちもとても褒めてくれたから、やることにしたのだ。

その瞬間、「おお……！」と周囲から声が漏れたのがわかった。

嫌な声ではない。

そして、気づけば、私たち以外はダンスをやめていた。

人々はほぅと息を漏らしながら見惚れているようだ。

そして、私たち二人のためだけに流れていた曲が止まる。

ハイルド様は笑顔で……。

私も笑顔だ。

右手だけ繋ぎ、すこし離れて、お互いに礼をする。

その瞬間――

「素晴らしい‼」

「なんて素敵なんでしょう……！」

「『宝石姫』だ！」

「ええ、さすが『宝石姫』ですわ」

――歓声と拍手。

ハイルド様は満足そうに頷くと、そのまま私をエスコートして、歩いていく。

向かう先は……国王のいる会場の奥。

国王は私たちが近づくと、玉座から立ち上がり私たちを迎えた。

「来たぞ」

「一言目がそれか」

ハイルド様がそう言うと、国王は「ははっ」と笑った。

「お前の勝手な思惑に迷惑をしたが、シェリルと出会わせたことには感謝する」

「おお、珍しい。お前から感謝とは……」

国王はそう言うと、つっと私へと視線を移した。

「さて、そちらがエバーランド伯爵家の？」

「妻のシェリルだ」

「シェリル・ナインです。陛下においてはご機嫌麗しゅう」

「ああ、うむうむ」

ドレスの裾をつまみ、礼をする。

国王はそれに二度、頷いた。

「まさに――『宝石姫』だな」

「ああ」

国王はそう言って、にやりと笑った。ハイルド様も頷く。

これで……。あの勅書は違えていないということになるのだろうか。

私は『エバーランド伯爵家の宝石姫』と国王に認められたのだ。

「私が書いた『エバーランド伯爵家の宝石姫を送る』というのは、たしかに果たされている」

国王がホールにいる全員に響くよう、大きな声で宣言をする。

これで……終わればいい。

でも、きっと……。

「お待ちください！」

――ここでは終わらない。

響いたのは……父の声。

父は母と妹を連れ、こちらへと歩み寄ってくる。

国王はそれを見て、玉座へと戻った。

私とハイルド様もそれに合わせ、玉座の正面から、すこしはずれた場所へと移動する。

父母と妹はちょうど私とハイルド様と対峙するような場所へと立った。

「どうした、エバーランド伯爵。私は伯爵家もよく働いてくれたと思っているが」

「陛下、私は告訴状を提出しております。読んでいただいたと思いますが、これは誤りなのです。『エバーランド伯爵家の宝石姫』はここにいる娘。メリルです。あれは姉のシェリル。宝石姫などではありません」

父は国王に切々と訴える。

私が――王命に背いている、と。

「姉は妹のメリルを羨み、このような恥ずべき行為を行ったのです。急ぎ、過ちを正さなければならない。それゆえにこうして参りました」

「なるほど。つまりそちらの娘が『宝石姫』なのか」

国王が妹へと視線を移す。

そして、うーんと首をひねった。

「だが、今、ハイルドの隣に立つ娘のほうが美しい。それは外見だけではなく、その姿勢や所作もだ」

「なっ……」

この言葉に、妹の顔がカッと赤く染まったのがわかった。怒ったのだ。妹はこうして、顔を赤くさせ、私の髪色を否定していた。

「し、しかし陛下っ！　陛下は伯爵家への勅書で『エバーランド伯爵家の娘、メリル・エバーランド。ハイルド・ナイン辺境伯への輿入れをせよ』と。メリル・エバーランドはたしかにこちらの娘です」

「あー……そうだったか？」

「勅書を！　勅書をご覧ください！　姉が奪って逃げたものですが、ナイン辺境伯へ見せているはずです。そこに真実が書かれている！」

父の訴えに、国王が頷く。

そして、視線をハイルド様に向けた。

「ハイルド、勅書は？」

「手元にある。だが、俺が手にしたときには破れていたのだ。名前は読み取ることができず『リル・エバーランド』だと思っていた」

ハイルド様は自分の見たものを、まっすぐに伝える。

そう。ハイルド様が手にしたとき、勅書はすでに魔物によって穴が開けられていた。

国王が『メリル』か『シェリル』か覚えていないと言うならば、もう真実はわからないのだ。

「そんなっ……それはきっと、姉が自分が輿入れしても問題ないよう、勅書に細工をしたのです！　勅書の細工は重大な罪となるはず！　どうぞ、姉に罰を！」

「ええ、あの娘に罰を与えてください！」

「お姉さま、ちゃんと罪を告白なさって……」

それを聞き、勢いづいたのは父母と妹だった。

私に罪があると。罰を与えろ、と。

妹が言ったのだ。――「私の代わりに、お姉さまが行けばいいじゃない！」と。

母が言ったのだ。――「身代わりがいればいいのよね」と。

そして父が言った。――「お前が代わりに死ね」と。

だから……私は……。

「陛下、発言をお許しいただけますか？」

「ああ、構わない」

私は国王に伺いを立てて……そして、父に尋ねることにした。

「告訴状には魔塵のマッチの権利についてもありました。……エバーランド伯爵はそれを用いて、どのようなことをするおつもりでしょうか」

従来のマッチを魔塵のマッチに替えていく。伯爵家で生産をしたい。

私が考えていた答え。

でも、父は私の質問を鼻で笑った。

「なにもしない。お前が考えたことなど価値はない」

「そう、ですか……」

「魔物から生まれたもので道具を作るなど、汚らしい。そんなもの、この世にはないほうがいい。

だから権利は持つが、そのままなにもしない」

ああ……。そうか……。

父は私に価値があるから、手元に戻そうとしたのではない。

ただ……邪魔だから。

従来のマッチは自然発火の危険もあり、有毒ガスも発生する。安全な魔塵のマッチが出回れば、従来のマッチは勢いをなくすだろう。

父は魔塵のマッチはこのままなかったものにし、従来のマッチを普及させたいのだ。建設中の工場もそのまま従来のマッチを製造する。

この世界から、魔塵のマッチの存在を消すために……権利がほしいのだ。

「わかりました」

一度、目を閉じる。

そして、ゆっくりと息を吸った。

……止めなければならない、父を。

マッチ工場の有毒ガスで苦しむ労働者。自然発火で燃える家。たくさんの人が悲しむ未来。

それを、私は看過できないから。

目を開けて、ハイルド様を見る。

ハイルド様は私を励ますように頷いてくれた。

だから、私はまっすぐに陛下を見つめて――

「私は……王命を知っています。勅書には妹であるメリル・エバーランドがナイン辺境伯へと輿入れするように書かれていました」

そこまで言うと、父母と妹が喜んだのが目の端に移った。

「ああ！　そうだ！　やっと言ったな‼」

「ああ……我が家の恥知らずは……なんていうことを……」

「お姉さま、罪を償ってくださいね……」

私がやっと罪を認めた、とそう思っているのだろう。

私は気にせず、言葉を続ける。

それは、すべての告白。

「私は父母と妹に命令されました。『妹の身代わりとして辺境伯へ嫁げ』と。そして、魔物の棲む森へ行き『お前が代わりに死ね』と言われました」

私の発言のあと、周囲がざわめいたのがわかった。

そして、国王はそれに一瞬にやりと笑う。

しかし、次の瞬間には、至極まじめな顔をして、ホール全体に響き渡る声で告げた。

「それは、殺人罪と――私を謀ろうとした、ということか」

ざわめきはより一層強くなる。

それに驚いたのは父母と妹。

きっと、三人は私がずっと黙って、なにも言わずに罪を被ると思っていたのだろう。

あの日、身代わりを提案され、死を告げられたとき。三人の中ではあのときの私のままなのだ。

「なっ、違います、これはっ、あの娘が……！　すべて出鱈目です！　自分の罪から逃れるため、作り話を始めたのです……！」

父が必死に言い縋る。

すると、ハイルド様はひどく冷たい眼で父を見下ろした。

「証拠はここだ」

ハイルド様がそう言うと、ジャック、マチルダとコニーが現れる。

その手にしているのは――

「これは、シェリルが輿入れをした際に持っていたいくらかの衣類、そして、勅書を含めた書類だ」

――私が持っていた小さなトランクの中身。

トランクもあり、すべてに大きな穴が空いている。

ハイルド様は勅書を国王へ渡すと、国王は「たしかに」と頷いた。

「ハイルドが言ったのは真実だな。勅書に穴が空いていて、名前が読み取れない。そしてこれは――魔物の痕ではないか」

穴の開いたものすべて。縁取るように紫色に輝いている。

「ああ。魔物によって破壊された場所、傷つけられた部位には、特有の紫色の発光する痕が残る。これを見れば、勅書が人為的な加工により穴が開けられていないことは証明できる。そして

──」

ハイルド様の金色の眼がぎらっと光った。

「──シェリルが死の淵にいたことも」

ざわついていた人々もその言葉で息を呑む。

私の荷物に悉《ことごと》く、魔物による攻撃の痕がある。それにより、私が魔物に襲われていたことが結びついたのだろう。

「間一髪だった。俺が助けていなければ、ここにシェリルはいない。エバーランド伯爵の筋書き通り、シェリルはメリルの身代わりとして死んでいただろう」

「……っ、いえ、これは……罪から逃れるための細工です……！　陛下！　よくお考えになってください。これはたしかに魔物による攻撃の痕です。しかし、だからといって、それが私の命令で行われたという証拠にはなりません！」

「ふむ。たしかに」

父の必死な訴えに、国王は納得したように頷いた。

それに勢いづき、父は饒舌になっていく。

「そう、例えば……、この荷物だけを置いておけば、同じように魔物によって攻撃された痕がつくはず。それをこうして持ってくればいいのです」

「そうだな」

「それに、そもそも、姉が勝手に行ったことです！　勅書を持ち逃げし、辺境伯領へ来たものの、うまくいきそうにないと感じ、自ら魔物の棲む森へと訪ねた。それをこうして、私の命令だと嘘をついているのです！」

国王は父の話を、頷きながら聞いている。すこし、わざとらしいぐらいに。

そして、ちらりとハイルド様を見た。「どうする？」と視線で聞いているのだ。

ハイルド様は父も国王も、どちらも冷たい目で見下ろす。

「次の証拠だ」

ハイルド様がそう言うと、ホールの扉が開く。

現れたのは、エドとゴラン。そして――

「まさか……」

思わず声が漏れる。

だって、エドとゴランが連れてきたのは……。

その人は、王宮のホールという場所に、戸惑っているようだった。慣れない場所にきょろきょろと目線を走らせ……そして……。

「お嬢様っ……！」

私を見つけた途端に走り出した。

そして、玉座の前まで走り寄ると、その場で平伏したのだ。

「申し訳ねぇ……申し訳ねぇ……儂はお嬢様がそんな大変なことを……酷いことを言われてるなんて思わなかった、……本当に申し訳ねぇ……っ。ちょっとの金に目が眩んで、お嬢様を魔物の森に置いてくるなんて……儂は……っ儂は……っ」

——現れたのは馭者だった。

伯爵家を出て一週間ほど。ともに旅をし、魔物の棲む森まで一緒に行ったあの……。

「彼はエバーランド伯爵に雇われていた馭者だ。シェリルを辺境伯領の森へ連れていくように言われ、金銭を受け取っている」

「儂はなにも知りませんでした。ただ辺境伯領の森へお嬢様を連れていくように言われた。まさか……そこが魔物の棲む森だったなんて……！　きっと、儂もそこで死ぬはずだった。けれど、お嬢様は儂を助けてくださった……！」

「彼は伯爵から直接依頼を受けている。魔物については知らず、ただの森だと思ったのだろう。……魔物の森へ入るには安すぎる値段だ」

「お嬢様のためならば、いくらでも証言します。儂はエバーランド伯爵に、お嬢様を馬車で森へ連れていくように頼まれた。それはこちらの妹様のほうではない。あちらの……あの、青い目のお嬢様です」

馭者は顔を上げると、国王に必死に言葉を告げた。

その体は震えている。……怖くないはずがない。それでも、彼はここに来て、証言をしてくれたのだ。

「ふむ。なるほど。……エバーランド伯爵は、姉を辺境伯領へ輿入れさせようとした。そして、魔物の手で、姉を殺害しようとした」

国王はそう言うと、じっと父を見て――

「エバーランド伯爵。お前はよい娘を持ち、感謝すべきだろう」

――「ははっ」と笑った。

「従来のマッチの危険性は知っている。私はそれを禁止しようと思っている。ナイン辺境伯夫人が止めていなければ、無駄な資金だけをさらに費やすところだった」

父はただただ、震えていた。

父が広めようとした従来のマッチは禁止される。もはや、そこに未来はなかったのだ。

それに、さらにハイルド様が言葉を重ねた。

「勅書が『メリル』であれば、お前は王命に背いたことになる。『シェリル』と認めれば、国王へ虚偽の告訴をしたことになる」

ハイルド様の鋭い金色の眼がぎらぎらと光っている。

「うぐ……う……」

「ハイルド、どちらを選んでも一緒だ。――あるのは私への叛意」

「……っ!?　叛意など……そんな……っ！」

父が必死に言い縋る。

だが、国王は冷えた目で父を見つめ、背後の騎士へ指示をした。

「罪人を捕まえろ」

「違いますっ……陛下、これは……っ違うのです……っ‼」

「伯爵位は剥奪。夫人も連れていけ。ほかになにか知らないか吐かせろ」

「そんな……私は無関係です……！　夫が勝手に……すべて！　私はなにもしていません‼　なにも……！」

「伯爵夫人が伯爵家のことをなにもしていなければ、それは罪だ」

国王は冷えた目でそれを言うと、母も連行されていった。

妹は……その場にしゃがみこみ、ガタガタと震えている。

「お前はどうだ？」

「私はっ……だって……。こんなの……っ」

国王の質問に……妹は答えられなかった。

それもそうだ。妹はなにもしなくても父母から愛をもらえた。そして、そのまま成長し、自分のわがままはすべて通り、なにもしなくてもうまくいくと思っている。

もう、父母はいない。

一人で考え、一人でどうするべきか選ばなくてはならないのだ。

だが……。もしかしたら……今、国王に命を握られていることさえ、気づいていないかもしれない。

……かわいそうな妹。

口を開けて待っていただけの雛鳥は、自分で歩くことも飛ぶこともできない。

妹を見つめると、妹も私を見つめているのがわかった。

一瞬、「助けて」と。

そう言われるのではないか、と。でも、妹は――

「ずるい……ずるい！　お姉さまだけ！　なんでそんな目で私を見てるの……！」

――私を指差す。

「お姉さまはずっと、私の下でみじめであればいいの！　私の下にずっといればいい……、なのに、……どうして、私をそんな目で……！　ずるい……！」

「……つまらん。やはり『宝石姫』はナイン辺境伯夫人だな」

「私が！　私が『宝石姫』なのに……！　私が……！」

「連れていけ。だれか引き取ればそれでよし。だれもいないなら、修道院にでも入れておけ」

そう言って、妹は連行されていった。

そして――

「陛下、私にも沙汰を。私は王命に背きました」

そう。勅書に『メリル・エバーランド』と書かれていたにもかかわらず、私は身代わりになり、輿入れをした。

父母と妹が王命に背いたというのならば、それは私も同じなのだ。

しかし、国王は「はて？」と首を傾げて――

「ナイン辺境伯夫人は私の期待通りに動いてくれた。そもそも私は勅書の名が『シェリル』だったか『メリル』だったかなど覚えていない。それにだな……魔塵のマッチを非常に気に入っている」

そうして、国王が取り出したのは……紫色の側面を持つ小さなマッチ箱。

国王は一本マッチを取り出すと、それを擦った。途端に炎が立つ。

「従来のマッチの危険性がない上に、材料が魔塵。素晴らしいではないか。魔塵はどこでも取れるものではない。魔塵のマッチは、魔塵の採取ができる我が国を大きく潤してくれるだろう」

国王はそう言うと、大きく頷く。

「ハイルドとともに、これからもよく尽くしてくれ」

その言葉と同時に、ホールには貴族からの拍手が鳴り響いた。

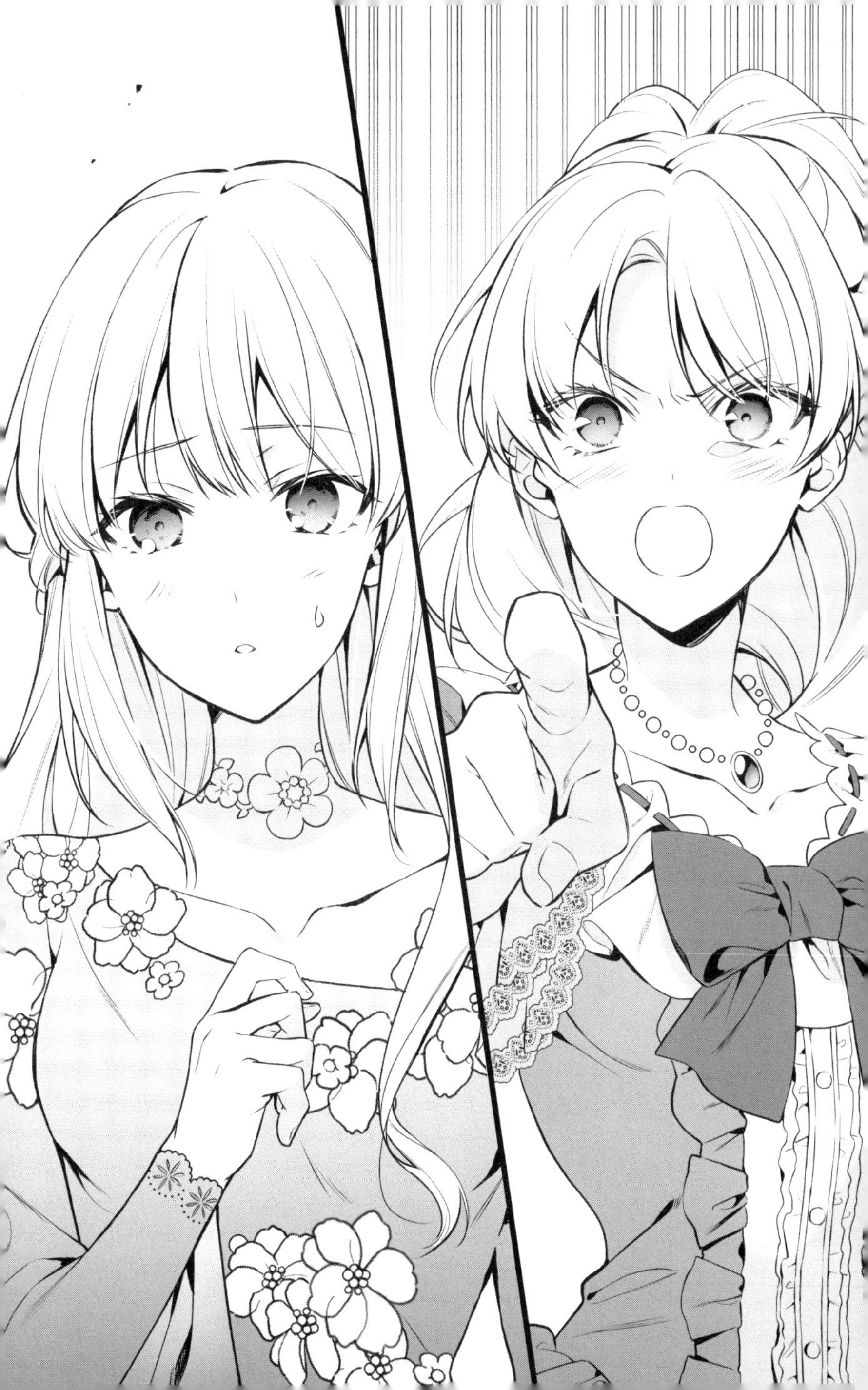

エピローグ ✣ 花の咲く丘

こうして、私とハイルド様の結婚は、国王やほかの貴族にも認められることとなった。

父母と妹はそれぞれの罪を償い、エバーランド伯爵家の領地は今は国王直属の部下が治めている。

……父や母よりも領のことを知っているということで、話をする機会が多くなり、結果として、国王とも繋がりが太くなっているのが今だ。

ハイルド様はそれが不満なようで、国王に「シェリルを呼び出すな」と都度伝えているようだが、あまり守られてはいない。

そして、今日は、あの花の咲く丘へと遠乗りへやってきていた。

「ハイルド様……もう、花は終わってしまいましたね」

「ああ。シェリルが来たときはちょうど満開だったからな」

青い花に覆われていた丘。花はもう枯れ、今は違う種類の草が生えていた。

ハイルド様はまた来年も生えると言っていたが、やはり残念に思う。

「あの馭者は今は孫と仲良く暮らしているらしい」

「……よかった」

「シェリルの行いだと、俺は思った。馭者を軽んじることなく過ごした旅路。魔物の森から一刻も早く出られるようにと願った心。そして――馭者が給金をもらえるようにと、相手を思いやり伝えた言葉。それが、馭者に届いたと」

「はい……」

ああ……そうだといい。

愛は増えていく。愛は広がるのだ、と信じる先にある景色が……。

だれかに愛を渡す。またその人がだれかに愛を渡す。それが続いていくのなら……。

「青い花は枯れてしまったが、次の花が咲く」

「……この丘にまた、花が？」

「ああ。次は黄色の花が咲くんだ。花弁が多くて、縁が赤い」

ハイルド様の言葉に、その景色を想像してみる。

丘一面に咲く、黄色の花。そこに赤いコントラストが映える。

きっと、その景色は……。その色は……。

「シェリルと見たい」

「……はいっ」

隣に立つ大きな人。そこにそっと寄り添えば、温かく包んでくれた。

またここに来る。

そして、心に刻むのだ。その色を忘れないように。

――愛しい人とともに。

「ずっと一緒だ」

気づけば、唇が触れ合っていた。

優しくて……大好き。

「はい。ずっと一緒に……」

何度でも花は咲くから。

番外編 ✦ それからの私

家族のことに決着がつき、私は改めて辺境伯領で暮らし始めた。

妹の代わりではなく、自分自身、シェリルとして生活を始めたわけだが、とくに変わったことはない。

最初に出会ったときと同じ。

私が自分自身のことは一人で行えるため、侍女なども増やしていない。ハイルド様と騎士のみんなが中心の生活。そこに私が組み込まれている感じだ。

部屋の移動はハイルド様と気持ちが通じた際に行った。

最初に案内された客間から、正式な妻の部屋へ。

メリル・エバーランドとして輿入れしたのだが、魔物の森にいた私とその様子を見て、ハイルド様はまずは客人として迎え入れてくれた。

そして、今、ハイルド様とお互いの気持ちを確認し合い、国王やほかの貴族からも認められた私は、正式な妻として過ごしている。

部屋は二階の日当たりのいい場所で、突き当たりの続き間の二つだ。

最初に過ごしていた客間も十分広いと思っていたが、それよりも広い。調度品は先代の奥様が使っていたものをそのまま使用することになったが、どれも造りが丁寧で、素材も素晴らしいものばかりだ。

続き間の一つは廊下へ繋がっており、私室として使用している。ソファやテーブルが置かれ、ここでちょっとしたお茶をしたり、マチルダやコニーと話をしたりするのが楽しみだ。

もう一つが居室から入れる寝室だ。こちらには鏡台や大きなクローゼットがあり、寝ることと身支度することができるようになっている。

そして、ここには……まだ使用していない扉が一つついていた。

寝室にある二つの扉。一つは私室へ続いている。反対側にある扉は飴色に輝き、高級感とともに年代も感じさせる立派なもの。そこにはあまり馴染んでいない掛け金の鍵がついていた。不自然なのはそこだけが新しいからだ。

「……どうしよう」

一人でドレスを着て、簡単に髪をまとめた私は、飴色の扉に近づき、まじまじと掛け金の鍵を見た。

受座はがっちりと固定され、ちょっとのことでは壊れないだろう。そして丸かんの部分は縦になっていた。しっかりと鍵がかかっている状態だ。

私は飴色の扉にそっと手を添える。この扉の向こうは……。

「ハイルド様……」

はぁとため息をつく。

そう、この扉の向こうはハイルド様の寝室に繋がっているのだ。

夫婦がそれぞれの部屋を行き来する際、廊下に出なくてもいいようにつけられた扉。それがこの飴色の扉だ。

夫婦なのだから、これを使うことはおかしくない。

が、この部屋を私に、となったときに、ハイルド様とみんなが話し合い、私のほうに鍵をつけることにしたらしいのだ。

私がそういう気持ちになるまでハイルド様がなにもしないように。また、私を怖がらせないようにという配慮だったようだ。

「……私は怖くないのに」

この鍵を私が開けるまでは、ハイルド様がこちらに来ることもないし、私が行くこともない。

新しい部屋になってずいぶん経ったが、ハイルド様はいつも廊下側からノックをして声をかけてくれる。

私は鍵の掛け金に手を移動させ、またはぁとため息をついた。

「どうしたらいいんだろう……」

夫婦なのだから、この鍵を掛けているのはおかしいのではないだろうか。なによりハイルド様に失礼なのではないだろうか。しかし、すぐに鍵を開けるというのも……。自分から「どうぞ」と言っているようで、それもまた失礼になるのでは？　と、この扉と鍵のことを思い出しては、同じことをぐるぐると考えている。

扉だけならばこんなに悩まなかったかもしれないが、この鍵をつけたのがハイルド様とみんなの優しさだと理解している。ただ、どうしていいかわからないのだ。

自室で寝たあと、毎朝の日課になった飴色の扉の前でのため息を何度かしたあと、廊下からコンコンッとノックが聞こえた。

「リル様！　朝食へ参りましょう」

　これはマチルダの声だ。

　騎士のみんなは、前と同じように『リル様』と私を呼んでくれている。シェリルが本当の名前だと告げたとき、みんなは『シェリル様』と呼称を変えた。

が、愛称が『リル』であることに間違いはない。みんなから『リル様』と呼んでくれたことがうれしかったと伝えると、そのままにしてくれた。

　マチルダに迎えに来てもらい、今朝も私の大好きな、みんなとの食卓だ。

「今行きます」

　私は飴色の扉から手を離すと、マチルダのもとへ向かった。


　そうして、朝食を摂ったあと、私はハイルド様と魔物の森へと向かった。

　周りに騎士がいて、見回りのついでに私がついていくような形だ。

　魔物の森に来るのは久しぶりで、わくわくと胸が高鳴る。今日もハイルド様と馬を二人乗りしているのだが、背後からふふっと笑った声が聞こえた。

「シェリル、楽しいか？」

　低くて落ち着いた声。名前を呼ばれると、うれしいような、くすぐったいような気持ちになってしまう。

どうやら、私があたりをきょろきょろと見ているのを見て、「楽しんでいる」と判断してくれたようだ。

「はい、楽しいです。……魔物の森へ入るのは久しぶりなので」

「そうだな、すこし立て込んでいたからな」

魔塵のマッチのことや、私の家族のこと、そして、今もまだ伯爵領のことで国王に呼ばれることもあるため、ゆっくりできていないのだ。

今日もハイルド様は午前中の仕事で魔物の森へ入るのだが、私は時間があったので同乗させてもらった。

私は魔物の森が好きだ。書物で読んだことを実際に目にするのも楽しいし、どうやら私は、そういう未知のもののことを考えるのが好きな性質だったらしい。

だが、ハイルド様や騎士のみんなの邪魔はしたくない。

魔物の森の見回りは大切な仕事なので、私は遠慮しようと思ったのだが、ハイルド様も騎士のみんなもぜひに、と誘ってくれた。

曰く、辺境伯夫人が魔物の森へと入ることで、領民は安全性を感じて、安心できる材料になるようだ。

私が考えすぎないように、そういう理由をつけてくれたのかもしれないが、「それならば」と私は魔物の森へと入ることにした。

「今日はどこまで見回りをするのですか？」

「いくつかの組に分かれて、見回ることになる。俺たちは迷宮の入り口付近まで行く予定だ」

「地下迷宮の入り口まで？」

「ああ」

ハイルド様の言葉に、思わず振り返る。

するとハイルド様はそんな私を見て、珍しくククッと声をかみ殺すように笑った。

「……うれしそうだな」

「あ、えっと……」

「目がきらきらとしている」

「……はい」

ハイルド様が片手を手綱から外し、そっと私の髪を撫でる。金色の眼が優しく、やわらかく細まった。

私はその表情を見て、自分が子どもみたいにはしゃいでしまったことにハッと気づいた。

恥ずかしくなって、顔を前へと戻す。頬が熱くなってしまったのはしかたがないことだ。

だって、ハイルド様の金色の眼が「愛おしい」って告げているようで……。はしゃいでしまった私を見て、幸せそうに笑ってくれるから……。

「本で見て……」

「ああ」

「ずっと……行ってみたいなと思っていました」

「そうだろうと思っていた」

どうやらハイルド様には、私のことはすべてお見通しらしい。

私が地下迷宮に興味があるとわかった上で今日の行程へ誘ってくれたのだろう。

私は胸がふわふわと温かくなっていくのを感じた。

辺境伯領に来て、騎士のみんなやハイルド様に出会ってから、幾度も感じる温度。

私の興味があることを知ってくれること。それを一緒に見ようと思ってくれること。

……ああ、大切にされている、と。

温かいものが私の胸にふわふわと積もっていく。

「午前中、魔物はほぼ動かない。迷宮の入り口は魔物の森の中心にあるが、危険はほぼないだろう。シェリルを襲ったような木の魔物も眠っているはずだ」

「はい」

「ほかの動物型の魔物は地下迷宮に帰っている」

「……そうですか」

ハイルド様の説明に頷きながら……すこし残念に思ってしまった。

今回、魔物に会えることはないのだろう。……ちょっとだけ、また魔物を見てみたいと思っていたのだ。

そんな私の心を見逃さなかったようで、ハイルド様は片手を私の腰に回す。

「……シェリル、魔物は危険だ」

「そうですよね……」

ハイルド様のもっともな言葉に、私は「はい」と頷いた。

魔物は人間を襲う、とても危険なものだ。興味本位で近づいていいものではない。

ハイルド様は私が頷いたのを確認したあと、説明を足した。

「もし魔物がいた場合は、俺たちで駆除をする。本来ならば、地下迷宮から森へ出てきたとしても、夜明けまでには迷宮へと帰るのが普通だ。だが、迷宮へ帰らず、そのまま森で過ごすものがいる。そういう魔物は、午後から夜にかけて森を出て、村を襲う可能性がある」

「はい」

「俺たちが毎日、魔物の森を巡回しているのは、そういう『迷宮へ帰らない移動型の魔物』の発見と駆除が主だ。シェリルを襲った木の魔物なども見つければ倒す。が、あれは移動せず、普通の木との判別も難しいため、そのままになっていることも多い」

あらためてハイルド様や騎士が行っている仕事を聞き、胸に不安がよぎった。

「大変なお仕事ですね……。魔物は強いと書いてありました。ハイルド様や騎士たちが傷つくことはないのですか？」

そう。ハイルド様や騎士のみんながケガをしたり……死んでしまったりすることはないのだろうか。

ハイルド様はそんな私を安心させるように、「大丈夫だ」と頷いた。

「騎士はそのための訓練を行っているし、魔物と戦えると判断した者しか魔物の森への巡回には出ない。一人で戦わず、チームで戦うことも徹底している。時間も午前中という魔物が弱っている時間でもあるしな。訓練した騎士が斃せないような強い力の魔物は、迷宮から滅多に出てこない」

「よかったです……」

ハイルド様にそう言われ、ほっと息を吐く。

魔物は村などを襲い、人間に害を為すものではあるが、騎士たちであれば対処できるもののようだ。

私はそこまで考えて、ふとハイルド様の言葉とこれまでの行動に矛盾があることに気づいた。

ハイルド様は魔物には必ずチームで対応すると言い、時間帯は午前中だと言った。でも……。

「ハイルド様は、私を助けに来てくれたとき、お一人でしたよね……？」

「……そうだな」

そう。私を木の魔物から守ってくれたとき、駆けつけてくれたのはハイルド様一人だった。あとかジャックやほかの騎士たちが合流したのだが、それはもう決着がついたあとだった。あれではチームで対応したと言えないのではないだろうか。

さらに、時間帯も午後だった。ハイルド様が私に教えてくれた「騎士が魔物と戦う上での安全策」を行えていない気がする……。

ハイルド様も自分が説明したことで、私がなにに気づいたかを察したらしい。バツが悪そうにこぼした。

「……緊急事態だったからな」

ハイルド様はそう言うと、背中からぎゅっと私を抱きしめた。

「助けることができてよかった。あのとき、胸騒ぎがした。その勘に従って行動してよかったと今も思っている」

大きくて力強いハイルド様に抱きしめられると、胸がふわふわと温かくなる。

最初に助けられたとき、私はそれを素直に喜ぶことはできなかった。どうして助けられてしまったのか、なぜ私はうまくできなかったのか、と。

でも、今は違う。

「……助けてもらえて、よかったです」

――素直にそう思える。

ハイルド様に助けてもらえたから、私は今、こうしてたくさんの優しさを受け取ることができ、温かな毎日を送ることができている。

それが当たり前じゃなく、とても尊いものだと感じるから。

「……ハイルド様。無理はしないでくださいね」

助けられた私が言うことではないけれど……。だが、魔物の森へ一人で入ってしまうハイルド様を考えると、やはり心配だ。

すると、近くを馬で歩いていたジャックから声がかかった。

「リル様、それについてはご心配なく。リル様も閣下の太刀筋をご覧になったかと思いますが、私たちの中で一番強いのが閣下ですので」

「そうなんです、か……?」

「ええ。護衛の騎士より強い主っておかしいだろって昔は思っていたのですが、閣下は身体能力が普通の者より高いのです。ですので、むしろ、お一人のほうが力を発揮できます」

「私たちがいると、こちらを気にしての戦闘になるんですよね」

ジャックの言葉に、同じく近くを馬で歩いていたマチルダもうんうんと頷く。

どうやら、ハイルド様が強いのは間違いないらしい。

「リル様を助けに向かわれたときも、私たちを置いていってしまったのですが、それはついていけなかった私たちの責任でもありますので」

「閣下は乗馬もすごいんですよねぇ……。もちろん閣下の馬の能力が高いのもあるんでしょうが」

マチルダはそう言うと、私を見てふふっと笑った。

「だからリル様、今日も安心ですよ。リル様の背後にいるのはこの国一番の猛者《もさ》ですから」

「ええ、ええ。ハイルド様であれば、どんな魔物が出てもリル様を守り抜きます。ハイルド様自身も無傷で、リル様を心配させるようなことはしないでしょう」

「マチルダ……、ジャック……」

二人の言葉にハイルド様はふぅとため息をつく。そして、私を抱きしめていた腕を手綱の操作へと戻して、「そうだな」と呟いた。

「俺が傷つくとリルが悲しむ」

その言葉に胸がきゅっとした。

思わず、ハイルド様の手を掴んだ。すると、耳元に優しい声が響いて……。

「俺はリルを悲しませない」

「……はい」


そうして、私たちは魔物の森へと入っていった。

魔物の森は変わらず、鬱蒼としている。

毎回のことだが、私は怖いとは感じない。

私が馬車から降りた場所、木の魔物に襲われた場所、魔塵を集めた場所。そこを通り過ぎ、さらに奥へ進んでいく。

周りの騎士たちは周りを警戒しながらも、魔物の気配はないようで、まだ気を張っている様子はない。それはハイルド様も同じできょろきょろする私を見ては優しい笑みを浮かべていた。

だから、それは本当に突然で――

「――止まれ」

――ハイルド様の低い声が森に響く。

瞬間、騎士たちはこれまでの空気を一変させ、緊張感を孕ませた。

その緊迫感に邪魔にならないよう、私も息を潜める。

「……なにかいる。マチルダ、シェリルを。俺は馬を降りる」

「はい。リル様こちらへ」

ハイルド様の指示を受け、マチルダが馬を寄せる。

私はハイルド様に支えられ、マチルダの馬へと移った。

「コニー、馬を頼む」

ハイルド様は馬から降りると、手綱をコニーへと手渡した。

コニーは自分の馬に乗りつつ、乗り手がいなくなった馬の手綱も持っている状態だ。

「もし、魔物が襲ってくるようなら、馬から応戦するように。ダメだと思ったら素早く引け」

「「はい」」

ハイルド様の指示に騎士たちが一斉に頷く。

「……進むぞ」

ハイルド様を先頭に騎士たちが進んでいく。

マチルダと私、コニーは最後尾をついていった。

「リル様、この先には地下迷宮の入り口があります。そこだけは木が生えず、ぽっかりと開けた場所になっているのですが、どうやら閣下はそのあたりになにかを感じているようです」

「閣下の感覚は僕たちにはわからないけど、なにかいるのは間違いないと思う」

「はい」

二人の説明に頷く。

そうして、進んでいくと、マチルダの説明の通り、急に木がなくなった。

あんなに鬱蒼としていた森がここだけ不自然に下草も蔦も生えていない。円状に開けた空間の中心部に見えるのは――

「あれが……迷宮の入り口」

――そこは不思議な場所だった。

なにもない地面に突然、大きな三角錐《すい》の岩が突き出ている。その岩は森の木々と同じぐらいの高さで、その根元はぽっかりと穴が空いていた。

大人二人ほどがちょうど通れるほどの穴はそのまま地下へと伸びているようで、光は届かず、奥を見通すことはできなかった。

人工的なものには見えない。かといって自然的なものでもなく……。だれの手も入っていないはずなのに、明確に目的を持って造られている。本当に不思議としか表現できない。

そして、その入り口の前には何体かの黒い靄がいた。

先頭を歩いていたハイルド様はその正体がわかったようで、みんなに聞こえるように伝えた。

「――闇豹《やみひょう》だ」

その言葉に騎士たちが息を呑んだのがわかった。

どうやら、あの黒い靄は魔物であり、『闇豹』と呼ばれているようだ。

「やみ、ひょう……」

聞いたことがない単語だ。魔物について書かれている書物にも、そのような名前はなかった。

そんな私の言葉を聞き逃さなかったようで、マチルダが小さな声で教えてくれる。

「闇豹は魔物の一種です。……普通はこんな時間に出てくることはありません。それも……あんなにたくさん。一体でも厄介なのに、まさかこんなに……」

「危険なのですか？」

「記録によると、五十年前に一体の闇豹が村を襲いました。……村人二十人が亡くなった、と」

「……そんな」

今、私の目に入るだけで、黒い靄は五体はいるように見える。村人と騎士では力は違うし、備えも違うだろうが、単純に考えれば、五体の魔物がいれば、百人を殺す能力があるということで……。

ここに来てようやく、私は騎士たちが息を呑んだ理由がわかった。

一体でも恐ろしい魔物、闇豹。それが五体もいるのだ。

ちらりと振り返れば、マチルダの顔も青くなっていた。

「一体ずつ切り離して戦いますか？　その場合、人数を呼ぶべきでしょう。伝令を出し、騎士を呼びます」

前方では、ジャックがハイルド様に指示を仰いでいる。

人を呼ぶことを提案するのは最善に思われる。けれど、ハイルド様は首を横に振った。

「……様子がおかしい。すこし待て」

「様子、ですか？」

「ああ。よく見てみろ。……どうやら闇豹たちは、あれを襲っているようだ」

ハイルド様に言われ、騎士たちが闇豹の群れに目を凝らす。

闇豹たちはぐるりと円を描くように立っていた。そしてその真ん中にはなにかいるようで……。

「あ……」

私は思わず声を出していた。

黒い闇豹たちが取り囲む中心部、そこに一体だけ、白い豹がいたのだ。ほかの闇豹とは色がまったく違う。さらに、体躯の大きさも違っていた。

闇豹たちは大人が四つ這いになっているのと同じぐらいの大きさだが、白い豹は猫ぐらいの大きさしかない。子ども、なのだろうか。魔物に子どもがいるのかはわからないけれど……。

「なんでしょう、あの白い豹は……」

「マチルダも知らないのですか？」

「はい。あんな魔物は見たことがありません」

そうして闇豹と白い豹を見ていると、一体の闇豹が地を蹴った。そして、そのまま白い豹へ襲い掛かる。

「キャーウッ！」

悲鳴……なのだろう。白い豹は闇豹の攻撃を避けるように、横へと逃げたが、それを狙ったように闇豹の尻尾が当たった。バシンと弾き飛ばされ、地面に転がった白い豹はよろけながら鳴いたのだ。

闇豹に囲まれているため、白い豹がよろけると、ほかの闇豹の前へと近づいたことになってしまう。まろび出た白い豹を闇豹が前脚でバシッと弾き飛ばした。

「ッキャウー！」

小さな白い豹は闇豹の攻撃を受け、そのまま飛ばされてしまう。そして、また違う闇豹の前に出てしまい、それをまた攻撃され……。

「これは……」

マチルダが苦々しく言葉を出した。

闇豹たちと白い豹の姿を見て、私たちはみんな同じ答えを導きだしたのだろう。

……闇豹たちが白い豹を嬲《なぶ》っているのだ、と。

「魔物同士に争いでしょうか……」

「聞いたことも見たこともないが。……だが、今行われているのはそうだろう」

ジャックの言葉にハイルド様が同意する。

そして、そっと付け加えた。

「争いというには一方的すぎる。……このまま斃すつもりだろう」

その言葉に胸がツキッと痛くなる。

あの色の違う白い豹は……死んでしまうのだ。

「それさえ終われば、闇豹たちは迷宮へと戻るでしょうか」

「確証はないが……。闇豹たちはこちらに関心はないようだ。あの白い豹だけしか見ていない」

「そうですね」

「村側にいる騎士たちに森の境界へ待機させろ。もし、迷宮へ戻らず、村側へ行くようなら駆除する」

「はい」

ハイルド様の指示でジャックは近くにいた騎士の一人に話を始めた。

きっと伝令を頼むのだろう。

ハイルド様の言う通り、闇豹たちはそんな行動にも見向きもしていない。まだこちらに気づいていないだけの可能性もあるが、白い豹を嬲ることのほうが重要なのだろう。

「あの白い豹は死んでしまうのでしょうか……」

思わずこぼせば、マチルダは気遣うように私を見た。

「魔物はそもそも生物とは違うため、血が通っているわけでもなければ、飲食も必要ありません。……その、生きている、死んでいるという観点ではないと思います。……ただの言葉遊びになってしまいますが」

「そう……ですね」

マチルダはきっと私が気に病まないように、言葉を選んでくれているのだろう。

あれはただの魔物同士のやりとりだ。私たちが手を出すことで、こちらに被害が出るのもよくないとわかる。

「……あまり気持ちのいいものではないですね」

きっとそれが、私たちの気持ちだろう。一方的な暴力は見ていて気持ちのいいものではない。

白い豹は何度も倒れ、だが、何度も立ち上がった。

闇豹が手加減をしているのが、そうやって長く嬲っているのかはわからないが、白い豹に傷がつくことはない。

……どうして、あの白い豹は攻撃を受けているのだろう。

心に浮かんだ疑問は、けれどすぐに答えを見つけた。

——あまりに姿が違いすぎるからだ。

闇豹は豹の形をしているが、境界線が靄になっていて曖昧だ。目も「ここ」とわかるところはなく、ただ黒い闇がそこにあった。生きている動物とは違うのだと瞬時に判断できた。

白い豹も境界が靄になっていることは変わらない。だが、色があまりに違った。

そして、白い豹に赤い、きれいな目があった。それも、闇豹とはまったく違う。

白い豹はきっと、わけもわからないまま攻撃されているのだろう。その赤い目は痛みに歪んではいるが、必死に闇豹を見上げていた。

——なぜ？

と、そう訴えているように見える。

「……色が違うから」

白い豹は自分のことだから、気づかないのかもしれない。

だが、こうして外から見ていれば、そんなことはすぐにわかる。そして、それはしかたのないことに思えた。

あの黒い闇豹の中に、白い豹は一緒にはいられないのだろう。……闇豹が許すのならば、可能かもしれない。でも、もはやそれは不可能なのだ。

「……私も、色が違うから」

思わずこぼしてしまった言葉は、でも、だれかに聞かせたかったわけではない。

ただ、ずっと胸に隠していた言葉が出てしまった。

……私が苦しんでいたことだから。


銀色の髪に青い目の私。それは家族の中では異質だったのだ。

そんなことで……。自分ではどうしようもないことで、なにかが決まってしまうのだろうか。

私はそれに……そんなわけはない、と言いたくて。

そんなことでは決まらないのだと言いたくて、家族の中で愛を求めていた。

私は自分がなぜ妹と違うのかを知りたくて、いろいろと考え、調べたことがあったのだ。

そこでわかったのは、父親はずっと、自分の髪色を気にしていたということだった。

エバーランドは伯爵家は代々金色の髪の子が生まれやすい家系であったらしい。廊下に飾られている肖像画の祖父母も美しい金色の髪だった。

けれど、父は茶色い髪で……。そのことで、嫡男ではないのでは？　と噂されたこともあったという。違う血が入ったのではないか？　と。

父は自分が正当な後継者であることを、金色の髪で証明したかったらしい。そこで、格下でも金色の髪の妻を選んだ。それが私の母だ。

なのに、生まれた第一子の私が銀髪だったとき。……それはどれほどの絶望や恐怖を与えたのだろう。

当主となり、金色の髪の妻を娶り、噂を払拭するための子どもの髪が金色じゃなかった。

そして……すぐ後に生まれた第二子が金色の髪だったとき、どれほどの希望と幸福を得たのだろう。


攻撃を受けた白い豹がまた、地面へと転がった。

白い毛皮はやはり普通の動物とは違うようで、土で汚れたりはしない。

ただ赤い目は苦しそうで……。

その目がちょうど――私を見つめた。

偶然かもしれない。でも、目が合った。私はそう感じた。

「……大丈夫」

ここから声が届くとは思わない。だが、なぜか伝わる気がして……。

「ひとりじゃない。……そんな場所があるよ」

魔物の世界のことはわからない。

でも、私はそうだったから……。

だれかに受け入れてもらえないときがある。でも、世界はそれだけじゃなくて……。受け止めてくれる人。温かく笑ってくれる人。優しく名前を呼んでくれる人。そんな人がいる場所が……。

「……キャウ」

白い豹に私の言葉が伝わるはずがない。けれど、白い豹が頷いた気がした。

その途端、闇豹が白い豹から視線を外し、一斉に私を見た。地を蹴り、襲い掛かって来て――

「シェリル！」

「キャウッ！」

――ハイルド様の声、と白い豹の声。

同時に聞こえて、マチルダが私を庇うようにしながら、剣を抜いたのもわかった。

だが、マチルダの剣は闇豹を斬ることはない。

白い靄が五体の闇豹を抑え込んでいるからだ。そんな闇豹をハイルド様が斬り斃していく。

斬られた闇豹は黒い靄になると、そのまま魔塵へと姿を変えていった。

あっという間の出来事で、瞬きをする余裕もない。

ただ五体すべてが魔塵になったとき、背後のマチルダが「はぁあ」と息を吐いたのがわかった。

「さすが閣下。強さが尋常ではないですね……あの白い靄があったとはいえ、五体を一気に斬り伏せるなんて……」

そう言うと、マチルダは剣を鞘へと戻す。

そして、ハイルド様は――

「戻れ。俺はお前を斬りたくない」

「キャウ」

「……迷宮に戻れ」

「キャーウ」

「……お前が人間を襲わない保証がない。斬らざるを得ない」

「キャウキャウ」

……白い豹と会話をしている？

「……閣下はついに人間をやめたのかもしれませんね」

ジャックはそう言うと、ヒクッと頬を引き攣らせている。そして、そのまま周りの騎士たちへ指示を飛ばした。

「閣下の様子から見るに、ほかに魔物はいないでしょうが、周囲を見て回ってくれ」

「「はい」」

ジャックの言葉のあと、何名かの騎士が離れていく。森の探索をするようだ。

その間もハイルド様は白い豹と会話を続けているようで……。

「白い靄で闇豹の動きを止めたのはお前だろう？　シェリルを助けてくれたんだな」

「キャウ」

「シェリルを助けようとしたお前を斬りたくない。迷宮へ帰れ」

「キャーウ」

白い豹はハイルド様の言葉に返事をしているようで、最後にはおなかを見せて、ころんと転がってしまった。

見るからに「敵意はないよ」と表現している体勢だ。

ハイルド様はそれを見て、片手でこめかみを押している。ほとほと困っている、そんな様子だ。

「ハイルド様」

そんなハイルド様へ声をかける。

ハイルド様は白い豹から私へと視線を向けた。

「近づいてはいけませんか？」

「襲わない保証はない、が……」

「キャウキャウ！」

白い豹はハイルド様に「大丈夫！」と言うように、おなかを見せたまま頷いている。

ハイルド様はそんな白い豹と私を交互に見比べて……。

私を手招きした。

「……大丈夫だろう」

「はいっ！」

思わず声が弾んでしまう。

そんな私にマチルダからふふっと笑い声が聞こえた。マチルダに馬から降りるのを手伝ってもらい、警戒しながらハイルド様と白い豹へと近づいていく。

白い豹は私を怖がらせないためか、おなかを見せたまま、その場に転がったままでいてくれた。

ハイルド様の隣まで来た私はそっと白い豹の前で屈み込む。

「私を助けてくれたのですね」

「キャウ」

「ありがとうございました」

「キャ、ウ」

ハイルド様が言うように、あの白い靄はこの白い豹が作ってくれたものだろう。

これまで攻撃されても、まったく反撃していなかった白い豹は、実は闇豹たちの動きを止めることができたのだ。

その力を使わなかったのは、白い豹なりになにか考えがあってのことだと思う。それを私のために使ってくれたのだ。

だから、ちゃんとお礼を言っておきたかった。のと……あと、すこしだけ……。

「おなかを……撫でてもいいでしょうか」

ころん、と見ているおなかが、ふかふかに見えるのだ。

魔物を撫でるなんて危ないことだろう。だが、どうしても好奇心が優ってしまう。

「……すこし、待ってくれ」

ハイルド様はそう言うと、剣を収め、私の隣へと屈んだ。

そして、ころんと転がった白い豹のいろいろな部位を触っていく。

まずは額。赤いアーモンド形のきれいな目の上は白い毛皮に斑点模様がついている。

次に耳。三角と丸の中間のような形の耳はふっくらしており、縁取りは黒。長い飾り毛もついていた。そこから首もとへ手を滑らせれば、「もっと撫でて」と言うように、うーんと首を反らせる。攻撃する気配は今のところなしだ。

さらに体に比べて太くてしっかりとした毛皮に包まれた脚や、長くて太い尻尾など、どこを触っても怒ることはない。

ハイルド様が大丈夫だ、と判断したところで、私はそっとふかふかのおなかに手を伸ばした。

「うわぁ……」

ふかふかだぁ……。

密な毛皮はやわらかく、斑点模様がある背中側とは違い真っ白だ。境界を曖昧にしていた靄もなくなっており、手に幸せな感触が残る。

思わず上げてしまった声をハイルド様が聞いていたようで、私の顔をじっと見ているのがわかるが、今は毛皮を堪能したい。

あまりやりすぎるとよくないとは思うが、ついついまた撫でては、ふふっと笑みがこぼれてしまう。

「……シェリルはこいつが好きか」

ハイルド様の困ったような声。

その声に慌てて、撫でていた手を引っ込めた。

……この白い豹は魔物だ。危険な魔物と人間が一緒にいることはできない。

「申し訳ありません。……考えなしでした」

私が魔物を撫でているところを、騎士が見ているはずだ。きっとそれはよくないだろう。

おなかがふかふかだから撫でてみたい、だなんて。そんな安易な考えで動くべきではなかった。

反省して立ち上がると、白い豹もなにかを感じたのか、慌てて起き上がり居住まいを正した。

お座りのポーズをして、ハイルド様と私を交互に見上げている。

「いや、シェリルを責めているわけではない。この魔物はどうやら迷宮には帰らないようだ」

ハイルド様がちらりと迷宮へ視線を向ける。

そこにはぽっかりと空いた闇へと続く穴。

白い豹はそれを見ると、ゆっくりと首を振った。

「そうなるとこの魔物はこの森で暮らすことになるのだろうが……、それを見過ごして、周囲の村や領民へ被害が起こった場合を考えると、そのままにはしておけない」

「……はい」

ハイルド様の言うことはもっともだ。

だから、この白い豹は斃さねばならない、と。そうなるのだろうと、想像し目を伏せる。だが、ハイルド様は言葉を続けて——

「だから、監視する必要がある」

「……監視、ですか？」

思ってもみなかった言葉に、目を二回瞬かせる。監視、とは、白い豹を監視する、ということだろうか……。

すると、うしろからジャックの声がした。

「もし魔物を監視するのでしたら、それは魔物をしっかりと斃せる人物がいいでしょうね。そう。闇豹五体を一気に斃せる、閣下のような人物です」

「……そういうことだ」

ジャックの言葉にハイルド様が頷く。

つまりは……ハイルド様がこの白い豹を監視する、ということ。監視するのであれば……この白い豹を斃す必要はない、ということ？

「魔物については謎ばかりだ。こいつで解明できることがあるかすらわからないが、これまでのただ『出没する、斃す』よりは、すこしは意味があるかもしれない」

「という理由で、保護しようということですね！」

気づけばマチルダもそばに来ていて、親指を上げて閣下にサインを送っている。

「こんなに幸せそうなリル様を拝見できるなら、この魔物は非常に優秀です」

「……そうだな」

ハイルド様は深く頷き、言葉を続けた。

「この魔物がシェリルを救ったことは間違いない。魔物が安心できるものだとは思わないが、闇豹に攻撃されていたことや、シェリルを守るかのように動いたこと、今、体を触られても怒る様子がないことからも、しばらくは監視下で様子を見てもいいと考える」

「はい。わかりました。そのように手配します」

ジャックはそう言うと、待機している騎士たちのもとへ向かう。なにか指示をするのだろう。

「……いいのですか？」

もう一度ハイルド様の隣へ屈み、お座りをしている白い豹を見る。

「ああ。魔物の研究は、我が領にとっても利益がある」

ハイルド様はそう言うと、そっと白い豹の頭を撫でた。そして、私にだけ聞こえる声で呟く。

「自分より大きな体の闇豹たちに囲まれ、攻撃されても負けずに立ち向かっていたこと。こいつがシェリルを守ったこと。俺はそれを大切にしたい」

「……はい」

黒い闇豹たちに囲まれていた、色違いの白い豹。

その姿を見たときから、ズキズキと痛んでいた胸が、温かさでほぐれていく。

「抱っこしてもいいですか？」

白い豹の目を見て伝えれば、白い豹は私の言葉を許可するように頷くと、前脚を伸ばして立ち上がった。

前脚の付け根を両方から支え、私も立ち上がりながら抱きしめる。

猫ぐらいだと思った体は意外とずっしりしていて、脚の太さや太く長い尻尾を見ると、猫とは違うのだなぁと思った。

そして、白い豹はその太い尻尾を口のあたりに持ってくると、あぐっと咬んだ。

「……痛くないのか？」

ハイルド様はその姿を見て、白い豹に声をかけるが、白い豹は自分の尻尾をあぐあぐと咬みながら、むしろご機嫌なようだ。

「この体勢が落ち着くみたいです」

「……変なヤツだな」

ハイルド様はそう言うと、ぎゅっと眉間に皺を寄せた。

そして――


「こいつは、なんなんだ」

――夜、私とハイルド様は二人とも夜着に着替えて、一緒のベッドへ寝ていた。

ここはハイルド様の寝室。私を悩ませていた飴色の扉は開けられている。

私は大きなベッドに緊張しながら……それと同時に、おかしくてくすくすと笑ってしまった。

「寝るときになって、あっちに行く、こっちに行くと『キャウキャウキャウキャウ』鳴いて……。

シェリルの寝室へ行くための扉をひっかいてそちらに行ったと思えば、こっちに帰って来て
……」

「寂しくなったのでしょうか」

そう。私とハイルド様が一緒に寝る原因となったのは、白い豹の行動だった。

午後から夜は魔物の行動が活発になるため、監視を強くし、白い豹はハイルド様と過ごしていた。

そして、夜も更け、ハイルド様が眠ろうとしたときに、白い豹はあの飴色の扉をカリカリカリカリとひっかき始めたのだ。

実は私はもう寝ていたのだが、さすがに扉からずっと音が鳴るので起きてしまった。

そして、ずっと開けていいのか、開けないほうがいいのかと悩んでいた、掛け金の鍵を開けた。その瞬間に、白い豹が飛び込んできたのだ。

「……まさか、こんな形であの扉が開くなんて」

ハイルド様はなにやら思うことがあるようで、ずっとため息をついている。

扉から入ってきた白い豹は私のベッドをうろうろとしたあと、一度、そこで落ち着いた。ハイルド様は、すぐに白い豹を捕まえようとして、私が夜着だったのを見て、固まっていた。

「お見苦しいものを見せてしまって……」

もしかしたら、私の夜着姿がダメだったのかもしれない、と謝罪する。白くて上質なシルクの夜着は伯爵家で着ていたものとは段違いで美しいため、私は気にならなかったが、やはりハイルド様から見たらおかしかったかもしれない。

が、ハイルド様はそんな私の言葉に首を横に振った。

「いや、シェリルはとてもかわいい」

「え……っ」

ハイルド様がまっすぐに私の目を見てそう言うので、頬がぼっと熱くなる。

ハイルド様はそんな私を見て、目をやわらかくとろけさせた。

「俺のほうこそ慌てて飛び込んですまなかった。こいつを捕まえるためとはいえ、シェリルの夜着姿を見てしまうなんて……」

「あ、いえ、それは、その……扉を開けた私が悪いので……」

「逃げ回ったあと、シェリルのベッドで落ち着いたから、そちらで寝るのかと思えば、俺の部屋に来て……。最後にはシェリルを連れてくるなんて……」

「寂しかったのでしょうか」

私のベッドで落ち着いた白い豹を見て、ハイルド様はため息をついて、諦めたのだ。扉の鍵は開けておき、もしものときはすぐに呼ぶようにと言われ、私と白い豹だけで眠ることにした。

だが、白い豹はしばらくするとまた飴色の扉をカリカリと引っかき、ハイルド様のベッドへ戻っていった。

そこで、ハイルド様はすぐに飴色の扉を閉め、私に鍵を掛けるように言ったのだが、するとまた、白い豹が扉をカリカリと引っかき……。

——最終的に、ハイルド様のベッドまで私を呼び、今は私とハイルド様の真ん中で幸せそうに眠っている。

「本当に、なんなんだ……」

ハイルド様はベッドに眠ったまま、こめかみに手を当てている。

私はそんなハイルド様を見ていると……胸がふわふわとうれしくなってしまう。ハイルド様が困っているのにうれしいなんてよくないと思うのに……。

掛け金の鍵が開いていること。あの飴色の扉が開いていること。……隣にハイルド様がいること。

それがすごくすごくうれしい。

私とハイルド様の間で眠る白い豹からクウクウと寝息が聞こえる。

そして、ハイルド様と二人で一つのブランケットを使っていると、二人の体温ですごく温かくて……。

「……ハイルド、さま」

「どうした？」

温かくて、優しい声。

「はい、るど……さま」

もう夜が遅いから、瞼が重くて開けられない。

幸せな温かさがずっと私を包んでいて、思わずくすくすと笑ってしまう。

ああ、ずっとこんな日が続けば……。ずっとずっと……この温かい日々を大切に過ごしていければ……。

「だいすき」

胸にふわふわと積もっていく温かさと優しさが私を満たしていく。

掛け金の鍵も飴色の扉も、もう閉めなくていい。ハイルド様と一緒に眠るのはこんなにも幸せだから。

「……だい、すき」

温かさに包まれて、意識を手放す。

もう半分ほど寝ていた私は、自分がなにを言ったかもわかっていなかった。

だから、もちろん隣で横になっているハイルド様がどんな顔をしているか気づいていなくて……。

「……かわいすぎる」

聞こえてきたのは、必死になにかを耐えているような、ハイルド様の声。

「……我慢だ。……我慢だ」

本書に対するご意見、ご感想をお寄せください。

あて先

〒162-8540 東京都新宿区東五軒町3-28
双葉社　Mノベルスｆ編集部
「しっぽタヌキ先生」係／「まろ先生」係
もしくは monster@futabasha.co.jp まで

Mノベルスf

「お前《まえ》が代《か》わりに死《し》ね」と言《い》われた私《わたし》。妹《いもうと》の身代《みが》わりに冷酷《れいこく》な辺境伯《へんきょうはく》のもとへ嫁《とつ》ぎ、幸《しあわせ》せを手《て》に入《い》れる

2023年２月13日　第１刷発行

著　者　しっぽタヌキ

発行者　島野浩二

発行所　株式会社双葉社
〒162-8540　東京都新宿区東五軒町３番28号
［電話］03-5261-4818（営業）　03-5261-4851（編集）
http://www.futabasha.co.jp/（双葉社の書籍・コミック・ムックが買えます）

印刷・製本所　三晃印刷株式会社

［電話］03-5261-4822（製作部）
ISBN 978-4-575-24601-8 C0093

Mノベルス

姉の身代わりで婚約したら何故か辺境の聖女と呼ばれるようになりました
冬月光輝
ill. 先崎真琴
伯爵家の次女・シルヴィアは、飽きっぽい姉のイザベラが捨てたおさがりを大切に使っていた。ある日姉は、婚約者まで飽きたと言い出す。『辺境伯様の顔にも飽きちゃったし、田舎暮らしって嫌ですわ』このままだと両家に迷惑がかかると思ったシルヴィアは、姉の身代わりとして若き辺境伯フェルナンドの婚約者になることに。お姉様は嫌だと言っていたけれど、フェルナンド様は素敵だし、辺境伯領は緑が多くてとってもキレイ。こんなところでのんびり過ごせるなら最高です！　姉の捨てた物を直していた再生魔法で山の主を救い、『辺境の聖女』と慕われはじめたシルヴィア。そこに『妹が婚約者を奪った』とイザベラが泣きついた、怒れる王子がやってきて…!?

発行・株式会社　双葉社

Mノベルス
関係改善をあきらめて　距離をおいたら、
塩対応だった婚約者が絡んでくるようになりました
雨野六月
illust.雲屋ゆきお
「ビアトリスは強引に俺の婚約者におさまったんだ。俺は最初から不本意だった」婚約者であるアーネスト王子がそう言っているのを知ってしまった、公爵令嬢ビアトリス。人気者の王太子殿下と嫌われ者の公爵令嬢という関係に甘んじていた彼女だが、気持ちを切り替えて好きに生きることを決意する。けれど、美貌の辺境伯令息や気のいい友人たちと学院生活を楽しむビアトリスに、それまで塩対応だったアーネストがなぜか積極的に絡んでくるようになって…!?